自得其乐

汪曾祺 著

中国友谊出版公司

家常酒菜，一要有点新意，二要省钱，三要省事。偶有客来，酒渴思饮。主人卷袖下厨，一面切葱姜，调佐料，一面仍可陪客人聊天，显得从容不迫，若无其事，方有意思。

——《家常酒菜》

我后来到过很多地方，走进过很多水果店，都没有这家水果店的浓厚的果香。这家水果店的香味使我常常想起，永远不忘。那年我正在恋爱，初恋。

——《果蔬秋浓》

记得旧时好，跟随爹爹去吃茶。门前磨螺壳，巷口弄泥沙。

——《泡茶馆》

她问了我一些问题。其中一个是，为什么我的小说里总有水？即使没有写到水，也有水的感觉。

——《我的家乡》

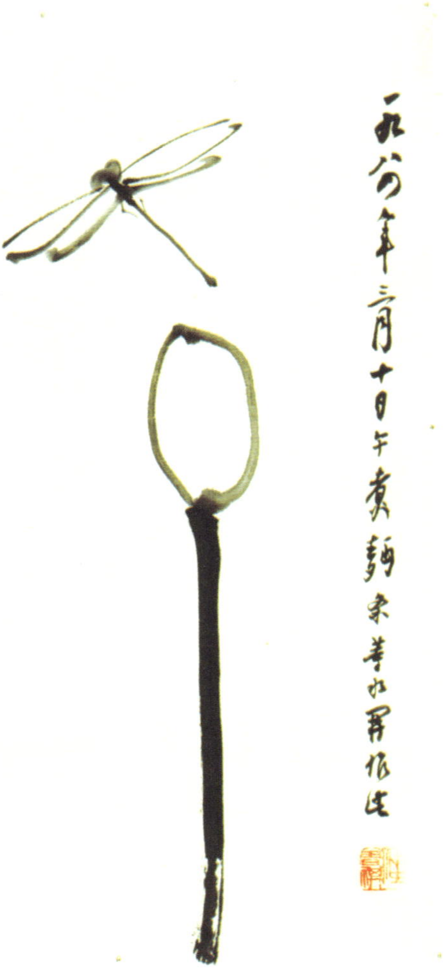

他平平静静，没有大喜大忧，没有烦恼，无欲望亦无追求，天然恬淡，每天只是吃抻条面、拨鱼儿，抱膝闲看，带着笑意，用孩子一样天真的眼睛。这是一个活庄子。

——《闹市闲民》

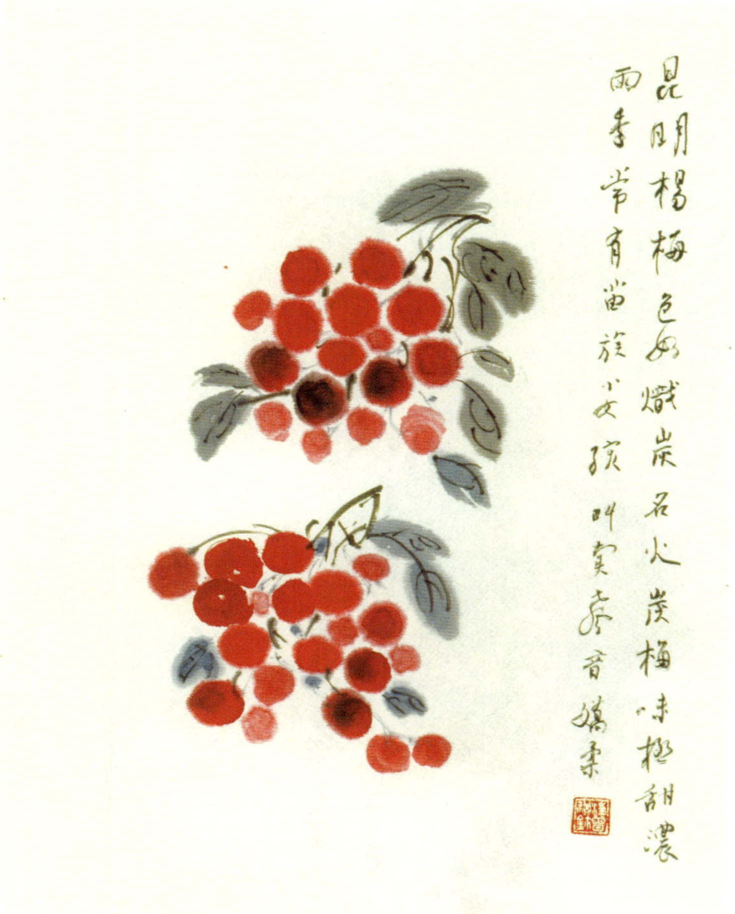

唯静，才能观照万物，对于人间生活充满盎然的兴致。静是顺乎自然，也是合乎人道的。

——《无事此静坐》

我不喜欢那种口不臧否人物，绝不议论朝政，无爱无憎，无是无非，胆小怕事，除了猪肉白菜的价钱什么也不关心的离退休干部。这种人有的是。

——《老年的爱憎》

目　录

第一章
人间有味

第二章
故人情事

第三章
闲话春秋

第一章

人间有味

葡萄月令

一月，下大雪。

雪静静地下着。果园一片白。听不到一点声音。

葡萄睡在铺着白雪的窖里。

二月里刮春风。

立春后，要刮四十八天“摆条风”。风摆动树的枝条，树醒了，忙忙地把汁液送到全身。树枝软了。树绿了。

雪化了，土地是黑的。

黑色的土地里，长出了茵陈蒿。碧绿。

葡萄出窖。

把葡萄窖一锹一锹挖开。挖下的土，堆在四面。葡萄藤露出来了，乌黑的。有的梢头已经绽开了芽苞，吐出指甲大的苍白的小叶。它已经等不及了。

把葡萄藤拉出来，放在松松的湿土上。

不大一会儿，小叶就变了颜色，叶边发红；又不大一会儿，绿了。

三月，葡萄上架。

先得备料。把立柱、横梁、小棍，槐木的、柳木的、杨木的、桦木的，按照树棵大小，分别堆放在旁边。立柱有汤碗口粗的、饭碗口粗的、茶杯口粗的。一棵大葡萄得用八根、十根，乃至十二根立柱。中等的，六根、四根。

先刨坑，竖柱。然后搭横梁，用粗铁丝摽紧。然后搭小棍，用细铁丝缚住。

然后，请葡萄上架。把在土里趴了一冬的老藤扛起来，得费一点劲。大的，得四五个人一起来。“起！起！”哎，它起来了。把它放在葡萄架上，把枝条向三面伸开，像五个指头一样地伸开，扇面似的伸开。然后，用麻筋在小棍上固定住。葡萄藤舒舒展展，凉凉快快地在上面待着。

上了架，就施肥。在葡萄根的后面，距主干一尺，挖一道半月形的沟，把大粪倒在里面。葡萄上大粪，不用稀释，就这样把原汁大粪倒下去。大棵的，得三四桶。小葡萄，一桶也就够了。

四月，浇水。

挖窖挖出的土，堆在四面，筑成垄，就成一个池子。池里放满了水。葡萄园里水气泱泱，沁人心脾。

葡萄喝起水来是惊人的。它真是在喝哎！葡萄藤的组织跟别的果树不一样，它里面是一根一根细小的导管。这一点，中国的古人早就发现了。《图经》云：“根苗中空相通。圃人将货之，欲得厚利，暮溉其根，而晨朝水浸子中矣，故俗呼其苗为木通。”“暮溉其根，而晨朝水浸子中矣”，是不对的，葡萄成熟了，就不能再浇水了。再浇，果粒就会涨破。“中空相通”却是很准确的。浇了水，不大一会儿，它就从根直吸到梢，简直是小孩嘬奶似的拼命往上嘬。浇过了水，你再回来看看吧：

梢头切断过的破口，就嗒嗒地往下滴水了。

是一种什么力量使葡萄拼命地往上吸水呢?

施了肥，浇了水，葡萄就使劲抽条、长叶子。真快！原来是几根枯藤，几天工夫，就变成青枝绿叶的一大片。

五月，浇水，喷药，打梢，掐须。

葡萄一年不知道要喝多少水，别的果树都不这样。别的果树都是刨一个“树碗”，往里浇几担水就得了，没有像它这样的：“漫灌”，整池子地喝。

喷波尔多液。从抽条长叶，一直到坐果成熟，不知道要喷多少次。喷了波尔多液，太阳一晒，葡萄叶子就都变成蓝的了。

葡萄抽条，丝毫不知节制，它简直是瞎长！几天工夫，就抽出好长的一截新条。这样长法还行呀，还结不结果呀？因此，过几天就得给它打一次条。葡萄打条，也用不着什么技巧，是个人就能干，拿起树剪，噼噼啪啪，把新抽出来的一截都给它铰了就得了。一铰，一地的长着新叶的条。

葡萄的卷须，在它还是野生的时候是有用的，好攀附在别的什么树木上。现在，已经有人给它好好地固定在架上了，就一点用也没有了。卷须这东西最耗养分，凡是作物，都是优先把养分输送到顶端，因此，长出来就给它掐了，长出来就给它掐了。

葡萄的卷须有一点淡淡的甜味。这东西如果腌成咸菜，大概不难吃。

五月中下旬，果树开花了。果园，美极了。梨树开花了，苹果树开花了，葡萄也开花了。

都说梨花像雪，其实苹果花才像雪。雪是厚重的，不是透明的。梨花像什么呢？梨花的瓣子是月亮做的。

有人说葡萄不开花，哪能呢？只是葡萄花很小，颜色淡黄微绿，不钻进葡萄架是看不出的，而且它的花期很短。很快，就结出了绿豆大的葡萄粒。

六月，浇水，喷药，打条，掐须。

葡萄粒长了一点了，一颗一颗，像绿玻璃料做的纽子。硬的。

葡萄不招虫。葡萄会生病，所以要经常喷波尔多液。但是它不像桃，桃有桃食心虫；梨，梨有梨食心虫。葡萄不用疏虫果。果园每年疏虫果是要费很多工的。虫果没有用，黑黑的一个半干的球，可是它耗养分呀！所以，要把它“疏”掉。

七月，葡萄“膨大”了。

掐须、打条、喷药，大大地浇一次水。

追一次肥。追硫铵。在原来施粪肥的沟里撒上硫铵。然后，就把沟填平了，把硫铵封在里面。

汉朝是不会追这次肥的。汉朝没有硫铵。

八月，葡萄“着色”。

你别以为我这里是把画家的术语借用来了。不是的。这是果农的语言，他们就叫“着色”。

下过大雨，你来看看葡萄园吧，那叫好看！白的像白玛瑙，红的像红宝石，紫的像紫水晶，黑的像黑玉。一串一串，饱满、瓷棒、挺括，璀璨琳琅。你就把《说文解字》里的玉字偏旁的字都搬来吧，那也不够用呀！

可是你得快来！明天，对不起，你全看不到了。我们要喷波尔多液了。一喷波尔多液，它们的晶莹鲜艳全都没有了，它们蒙上一层蓝兮兮、白糊糊的东西，成了磨砂玻璃。我们不得不这样干。葡萄是吃的，不是看的。我们得保护它。

过不了两天，就下葡萄了。

一串一串剪下来，把病果、瘪果去掉，妥妥地放在果筐里。果筐满了，盖上盖，要一个棒小伙子跳上去蹦两下、用麻筋缝的筐盖。新下的果子，不怕压，它很结实，压不坏。倒怕装不紧，咣里咣当的。那，来回一晃悠，全得烂！

葡萄装上车，走了。

去吧，葡萄，让人们吃去吧！

九月的果园像一个生过孩子的少妇，宁静、幸福，而慵懒。

我们还给葡萄喷一次波尔多液。哦，下了果子，就不管了？人，总不能这样无情无义吧。

十月，我们有别的农活。我们要去割稻子。葡萄，你愿意怎么长，就怎么长着吧。

十一月，葡萄下架。

把葡萄架拆下来。检查一下，还能再用的，搁在一边。糟朽了的，只好烧火。立柱、横梁、小棍，分别堆垛起来。

剪葡萄条。干脆得很，除了老条，一概剪光。葡萄又成了一个大秃子。

剪下的葡萄条，挑有三个芽眼的，剪成二尺多长的一截，捆起来，放在屋里，准备明春插条。

其余的，连枝带叶，都用竹笤帚扫成一堆，装走了。

葡萄园光秃秃。

十一月下旬，十二月上旬，葡萄入窖。

这是个重活。把老本放倒，挖土把它埋起来。要埋得很厚实。外面要用铁锹拍平。这个活不能马虎，都要经过验收，才给记工。

葡萄窖，一个一个长方形的土墩墩。一行一行，整整齐齐地排列着。风一吹，土色发了白。

这真是一年的冬景了。热热闹闹的果园，现在什么颜色都没有了。眼界空阔，一览无余，只剩下发白的黄土。

下雪了。我们踏着碎玻璃碴似的雪，检查葡萄窖，扛着铁锹。

一到冬天，要检查几次。不是怕别的，怕老鼠打了洞。葡萄窖里很暖和，老鼠爱往这里面钻。它倒是暖和了，咱们的葡萄可就受了冷啦！

家常酒菜

家常酒菜，一要有点新意，二要省钱，三要省事。偶有客来，酒渴思饮。主人卷袖下厨，一面切葱姜，调佐料，一面仍可陪客人聊天，显得从容不迫，若无其事，方有意思。如果主人手忙脚乱，客人坐立不安，这酒还喝个什么劲！

拌菠菜

拌菠菜是北京大酒缸最便宜的酒菜。菠菜焯熟，切为寸段，加一勺芝麻酱、蒜汁，或要芥末，随意。过去（一九四八年以前）才三分钱一碟。现在北京的大酒缸已经没有了。

我做的拌菠菜稍为细致。菠菜洗净，去根，在开水锅中焯至八成熟（不可盖锅煮烂），捞出，过凉水，加一点盐，剁成菜泥，挤去菜汁，以手在盘中抟成宝塔状。先碎切香干（北方无香干，可以熏干代），如米粒大，泡好虾米，切姜末、青蒜末。香干末、虾米、姜末、青蒜末，手捏紧，分层堆在菠菜泥上，如宝塔顶。好酱油、香醋、小磨香油及少许味精在小碗中调好。菠菜上桌，将调料轻轻自塔顶淋下。吃时将宝塔推倒，诸料拌匀。

这是我的家乡制拌枸杞头、拌荠菜的办法。北京枸杞头不入馔，荠菜不香。无可奈何，代以菠菜，亦佳。清馋酒客，不妨一试。

拌萝卜丝

小红水萝卜，南方叫“杨花萝卜”，因为是杨花飘时上市的。洗净，去根须，不可去皮。斜切成薄片，再切为细丝，愈细愈好。加少糖，略腌，即可装盘，轻红嫩白，颜色可爱。扬州有一种菊花，即叫“萝卜丝”。临吃，浇以三合油（酱油、醋、香油）。

或加少量海蜇皮细丝同拌，尤佳。

家乡童谣曰：“人之初，鼻涕拖，油炒饭，拌萝卜。”可见其普遍。

若无小水萝卜，可以心里美或卫青代，但不如杨花萝卜细嫩。

干丝

干丝是扬州菜。北方买不到扬州那种质地紧密，可以片薄片、切细丝的方豆腐干，可以豆腐片代。但须选色白、质紧、片薄者。切极细丝，以凉水拔二三次，去盐卤味及豆腥气。

拌干丝，拔后的豆腐片细丝入沸水中煮两三开，捞出，沥去水，置浅汤碗中。青蒜切寸段，略焯，虾米发透，并堆置豆腐丝上。五香花生米搓去皮膜，撒在周围。好酱油、小磨香油、醋（少量），淋入，拌匀。

煮干丝。鸡汤或骨头汤煮。若无鸡汤骨汤，用高压锅煮几片肥瘦肉取汤亦可，但必须有荤汤，加火腿丝、鸡丝。亦可少加冬菇丝、笋丝。或入虾仁、干贝，均无不可。欲汤白者入盐。或稍加酱油（万不可多），少量白糖，则汤色微红。拌干丝宜素，要清爽；煮干丝则不厌浓厚。

无论拌干丝，还是煮干丝，都要加姜丝，多多益善。

扦瓜皮

黄瓜（不太老即可）切成寸段，用水果刀从外至内旋成薄条，如带，成卷。剩下带籽的瓜心不用，酱油、糖、花椒、大料、桂皮、胡椒（破粒）、干红辣椒（整个）、味精、料酒（不可缺）调匀。将扦好的瓜皮投入料汁，不时以筷子翻动，使瓜皮沾透料汁，腌约一小时，取出瓜皮装盘。先装中心，然后以瓜皮面朝外，层层码好，如一小馒头，仍以所余料汁自馒头顶淋下。

扦瓜皮极脆，嚼之有声，诸味均透，仍有瓜香。此法得之海拉尔一曾制作过国宴的厨师。一盘瓜皮，所费不过四五角钱耳。

炒苞谷

昆明菜。苞谷即玉米。嫩玉米剥出粒，与瘦猪肉同炒，少放盐。略用葱花煸锅亦可，但葱花不能煸得过老，如成黑色，即不美观。不宜用酱油，酱油会掩盖苞谷的清香。起锅时可稍烹水，但不能多，多则成煮苞谷矣！我到菜市买玉米，挑嫩的，别人都很奇怪：“挑嫩的干什么？”“炒肉。”“玉米能炒了吃？”北京人真是少见多怪。

松花蛋拌豆腐

北豆腐入开水焯过，俟冷，切为小骰子块，加少许盐。松花蛋（要腌得较老的），亦切为骰子块，与豆腐同拌。老姜在蒜臼中捣烂，加水，滗去渣，淋入。不宜用姜米，亦不加醋。

芝麻酱拌腰片

拌腰片要领：一、先不要去腰臊，只用快刀两面平片，剩下腰臊即可扔掉。如先将腰子平剖两半，剥出腰臊，再用平刀片，则腰片易残破不整。二、腰片须用凉水拔，频频换水，至腰片血水排净，方可用。三、焯腰片要锅大水多。等水大开，将腰片推下，旋即用笊篱捞出，不可等腰片复开。将第一次焯腰片的水泼去，洗净锅，再坐锅，水大开，将焯过一次的腰片投入再焯，旋即捞出，放凉水盆中。两次焯，则腰片已熟，而仍脆嫩。如一次焯，待腰片大开，即成煮矣。腰片凉透，挤去水，入盘，浇以芝麻酱、剁碎的郫县豆瓣、葱末、姜米、蒜泥。

拌里脊片

以四川制水煮牛肉法制猪肉，亦可。里脊或通脊斜切薄片，以芡粉抓过。烧开水一锅，投入肉片，以笊篱翻拢，至肉片变色，即可捞出，加调料。如热吃，即可倾入水煮牛肉的调料：郫县豆瓣（剁碎）炒至出香味，加酱油、少量糖、料酒。最后撒碾碎的生花椒、芝麻。

焯过肉的汤，撇去浮沫，可做一个紫菜汤。

塞馅回锅油条

油条两股拆开，切成寸半长的小段。拌好猪肉（肥瘦各半）馅。馅中加盐、葱花、姜末。如加少量榨菜末或酱瓜末、川冬菜末，亦可。用手指将油条小段的窟窿捅通，将肉馅塞入，逐段下油锅炸至油条挺硬，肉馅已熟，捞出装盘。此菜嚼之酥脆。油条中有矾，略有涩味，比炸春卷味道好。

这道菜是本人首创，为任何菜谱所不载。很多菜都是馋人瞎琢磨出来的。

其他酒菜

凤尾鱼、广东香肠，市上可以买到；茶叶蛋、油炸花生米、五香煮栗子、煮毛豆，人人会做；盐水鸭、水晶肘子，做起来太费事，皆不及。

故乡的元宵

故乡的元宵是并不热闹的。

没有狮子、龙灯，没有高跷，没有跑旱船，没有“大头和尚戏柳翠”，没有花担子、茶担子。这些都在七月十五“迎会”——赛城隍时才有，元宵是没有的。很多地方兴“闹元宵”，我们那里的元宵却是静静的。

有几年，有送麒麟的。上午，三个乡下的汉子，一个举着麒麟，一张长板凳，外面糊纸扎的麒麟，一个敲小锣，一个打镲，咚咚当当敲一气，齐声唱一些吉利的歌。每一段开头都是“格炸炸”：

格炸炸，格炸炸，

麒麟送子到你家……

我对这“格炸炸”印象很深。这是什么意思呢？这是状声词？状的什么声呢？送麒麟的没有表演，没有动作，曲调也很简单。送麒麟的来了，一点也不叫人兴奋，只听得一连串的“格炸炸”。“格炸炸”完了，祖母就给他们一点钱。

街上掷骰子“赶老羊”的赌钱的摊子上没有人。六颗骰子静静地在大碗底卧着。摆赌摊的坐在小板凳上抱着膝盖发呆。年快过完了，准备过年输的钱也输得差不多了，明天还有事，大家都没有赌兴。

草巷口有个吹糖人的。孙猴子舞大刀、老鼠偷油。

北市口有捏面人的。青蛇、白蛇、老渔翁。老渔翁的蓑衣是从药店里买来的夏枯草做的。

到天地坛看人拉“天嗡子”——抖空竹，拉得很响，天嗡子蛮牛似的叫。

到泰山庙看老妈妈烧香。一个老妈妈鞋底有牛屎，干了。

一天快过去了。

不过元宵要等到晚上，上了灯，才算。元宵元宵嘛。我们那里一般不叫元宵，叫灯节。灯节要过几天，十三上灯，十七落灯。“正日子”是十五。

各屋里的灯都点起来了。大妈（大伯母）屋里是四盏玻璃方灯。二妈屋里是画了红寿字的白明角琉璃灯，还有一盏珠子灯。我的继母屋里点的是红琉璃泡子。一屋子灯光，明亮而温柔，显得很吉祥。

上街去看走马灯。连万顺家的走马灯很大。“乡下人不识走马灯——又来了。”走马灯不过是来回转动的车、马、人（兵）的影子，但也能看它转几圈。后来我自己也动手做了一个，点了蜡烛，看着里面的纸轮一样转了起来，外面的纸屏上一样映出了影子，很欣喜。乾隆和的走马灯并不“走”，只是一个长方的纸箱子，正面白纸上有一些彩色的小人，小人连着一根头发丝，烛火烘热了发丝，小人的手脚会上下动。它虽然不“走”，我们还是叫它走马灯。要不，叫它什么灯呢？这外面的小人是唐僧、孙悟空、猪八戒、沙和尚。整个画面表现的是《西游记》唐僧取经。

孩子有自己的灯。兔子灯、绣球灯、马灯……兔子灯大都是自己动手做的。下面安四个轱辘，可以拉着走。兔子灯其实不大像兔子，脸是圆的，眼睛是弯弯的，像人的眼睛，还有两道弯弯的眉毛！绣球灯、马灯都是买的。绣球灯是一个多面的纸扎的球，有一个篾制的架子，架子上有一根竹竿，架子下有两个轱辘，手执竹竿，向前推移，球即不停滚动。马灯是两段，一个马头，一个马屁股，用带子系在身上。西瓜灯、蛤蟆灯、鱼灯，这些手提的灯，是小孩玩的。

有一个习俗可能是外地所没有的：看围屏。硬木长方框，约三尺高，尺半宽，镶绢，上画一笔演义小说人物故事，灯节前装好，一堂围屏约三十幅，屏后点蜡烛。这实际上是照得透亮的连环画。看围屏有两处，一处在炼阳观的偏殿，一处在附设在城隍庙里的火神庙。炼阳观画的是《封神榜》，火神庙画的是《三国》。围屏看了多少年，但还是年年看，好像不看围屏就不算过灯节似的。

街上有人放花。

有人放高升（起火），不多的几支，起火升到天上，哧——灭了。

天上有一盏红灯笼。竹篾为骨，外糊红纸，一个长方的筒，里面点了蜡烛，放到天上，灯笼是很好放的，连脑线都不用，在一个角上系上线，就能飞上去。灯笼在天上微微飘动，不知道为什么，看了使人有一点薄薄的凄凉。

年过完了，明天十六，所有店铺就“大开门”了。我们那里，初一到初五，店铺都不开门。初六打开两扇排门，卖一点市民必需的东西，叫作“小开门”。十六把全部排门卸掉，放一挂鞭，几个炮仗，叫作“大开门”，开始正常营业。年，就这样过去了。

鱼我所欲也

石斑

我第一次吃石斑鱼是一九四七年，在越南海防一家华侨开的饭馆里。那吃法很别致。一条很大的石斑，红烧，同时上一大盘生的薄荷叶。我仿照邻座人的办法，吃一口石斑鱼，嚼几片薄荷叶。这薄荷可把口中残余的鱼味去掉，再吃第二口，则鱼味常新。这种吃法，国内似没有。越南人爱吃薄荷，华侨饭馆这样的搭配，盖受越南人之影响。

石斑鱼有红斑、青斑——灰鼠斑。灰鼠斑尤为名贵，清蒸最好。

鳜鱼

可以和石斑相媲美的淡水鱼，其谓鳜鱼乎？张志和《渔父》词：“西塞山前白鹭飞，桃花流水鳜鱼肥”，一经品题，身价十倍。我的家乡是水乡，产鱼，而以“鳊、白、鯚”为三大鱼名：“鯚”是鯚花鱼，即鳜鱼。徐文长以为“鯚”字应作“罽”。“罽”是古代的花毯。鯚花鱼身上有黄黑的斑点，似“罽”。但“罽”字今人多不识，如果饭馆的菜单上出现这个字，顾客将不知道这是什么东西。鳜鱼肉细，是蒜瓣肉，刺少，清蒸、氽汤、红烧、糖醋皆宜。苏南饭馆做“松鼠鳜鱼”，甚佳。

一九三八年，我在淮安吃过干炸鯚花鱼。活鳜鱼，重三斤，加花刀，在大油锅中炸熟，外皮酥脆，鱼肉白嫩，蘸花椒盐吃，极妙。和我一同吃的有小叔父汪兰生、表弟董受申。汪兰生、董受申都去世多年了。

鲥鱼·刀鱼·鮰鱼

这都是江鱼。

鲥鱼现在卖到两百多块钱一斤，成了走后门送礼的东西，“吃的人不买，买的人不吃”。

刀鱼极鲜，肉极细，但多刺。金圣叹尝以为刀鱼刺多是人生恨事之一。不会吃刀鱼的人是很容易卡到嗓子的。镇江人以刀鱼煮至稀烂，用纱布滤去细刺，以做汤，下面，即谓“刀鱼面”，很美。

我在江阴读南菁中学时，常常吃到鮰鱼，学校食堂里常做这东西。在江阴是很便宜的。鮰鱼本名鮠鱼，但今人只叫它鮰鱼。鮰鱼大概也能红烧，但我在中学时吃的鮰鱼都是白烧。后来在汉口的璇宫饭店吃的，也是白烧。鮰鱼肉厚，切块放在碗里，没有吃过的人会以为这是鸡块。鮰鱼几乎无刺，大块入口，吃起来很过瘾，宜于馋而懒的人。或说鮰鱼是吃死人的。江里哪有那么多的死人？！鮰鱼吃鱼，是确实的。凡吃鱼的鱼都好吃，鳜鱼也是吃鱼的。养鱼的池塘里是不能有鳜鱼的，见鳜鱼，即捕去。

黄河鲤鱼

我不爱吃鲤鱼，因为肉粗，且有土腥气，但黄河鲤鱼除外。在河南开封吃过黄河鲤鱼，后来在山东水泊梁山下吃过黄河鲤鱼，名不虚传。辨黄河鲤与非黄河鲤，只须看鲤鱼剖开后内膜是白的还是黑的。白色者是真黄河鲤，黑色者是假货。梁山一带人对鲤鱼很重视，酒席上必须有鲤鱼，“无鱼不成席”。婚宴尤不可少。梁山一带人对即将结婚的青年男女，不说是“等着吃你的喜酒”，而说“等着吃你的鱼”。鲤鱼要吃三斤左右的，价也最贵。《水浒传·吴学究说三阮撞筹》中吴用说他“在一个大财主家做门馆教学，今来要对付十数尾金色鲤鱼，要重十四五斤的”。鲤鱼大到十四五斤，不好吃了，写《水浒传》的施耐庵、罗贯中对吃鲤鱼外行。

虎头鲨和昂嗤鱼

虎头鲨和昂嗤鱼原来都是贱鱼，在我的家乡是上不得席的，现在都变得名贵了。

苏州人特重塘鳢鱼，谈起来眉飞色舞。我到苏州一看：呀，原来就是我们那里的虎头鲨。虎头鲨头大而硬，鳞色微紫，有小黑斑，样子很凶恶，而肉极嫩。我们家乡一般用来氽汤，汤里加醋。昂嗤鱼阔嘴有须，背黄腹白，无背鳍，背上有一根硬骨，捏住硬骨，它会“昂嗤昂嗤”地叫。过去也是氽汤，不放醋，汤白如牛乳。近年家乡兴起炒昂嗤鱼片，谓之“炒金银片”，亦佳。

鳝鱼

淮安人能做全鳝席，一桌子菜，全是鳝鱼。除了烤鳝背、炝虎尾等名堂，主要的做法一是炒，二是烧。鳝鱼烫熟切丝再炒，叫作“软兜”，生炒叫炒脆鳝。红烧鳝段叫“火烧马鞍桥”，更粗的鳝段叫“焖张飞”。制鳝鱼都要下大量姜蒜，上桌后撒胡椒，不厌其多。

果蔬秋浓

中国人吃东西讲究色香味。关于色味，我已经写过一些话，今只说香。

水果店

江阴有几家水果店，最大的是正街正对寿山公园的一家，水果多，个大，饱满，新鲜。一进门，扑鼻而来的是浓浓的水果香。最突出的是香蕉的甜香。这香味不是时有时无，时浓时淡，一阵一阵的，而是从早到晚都是这么香，一种长在的、永恒的香。香透肺腑，令人欲醉。

我后来到过很多地方，走进过很多水果店，都没有这家水果店的浓厚的果香。

这家水果店的香味使我常常想起，永远不忘。

那年我正在恋爱，初恋。

果蔬秋浓

今天的活是收萝卜。收萝卜是可以随便吃的——有些果品不能随便吃，顶多尝两个，如二十世纪明月（梨）、柔丁香（葡萄），因为产量太少了，很金贵。萝卜起出来，堆成小山似的。农业工人很有经验，一眼就看出来，这是一般的，过了磅卖出去；这几个好，留下来自己吃。不用刀，用棒子打它一家伙，“棒打萝卜”嘛。咔嚓一声，萝卜就裂开了。萝卜香气四溢，吃起来甜、酥、脆。我们种的是心里美。张家口这地方的水土好像特别宜于萝卜之类的作物生长，苤蓝有篮球大，疙瘩白（圆白菜）像一个小铜盆。萝卜多汁，不艮，不辣。

红皮小水萝卜，生吃也很好（有萝卜我不吃水果），我的家乡叫作“杨花萝卜”，因为杨树开花时卖。过了那几天就老了。小红萝卜气味清香。

南方的黄瓜不如北方的黄瓜，水唧唧的，吃起来没有黄瓜香。

都爱吃夏初出的顶花带刺的嫩黄瓜，那是很好吃的，一咬满口香，嫩黄瓜最好攥在手里整咬，不必拍，更不宜切成细丝。但也有人爱吃二茬黄瓜——秋黄瓜。

呼和浩特有一位老八路，官称“老李森”。此人保留了很多农民的习惯，说起话来满嘴粗话。我们请他到宾馆里来介绍情况，他脱下一只袜子来，一边摇着这只袜子，一边谈，嘴里隔三句就要加一个“我操你妈”。他到一个老朋友曹文玉家来看我们。曹家院里有几架自种的黄瓜，他进门就摘了两条嚼起来。曹文玉说：“你洗一洗！”“洗它做啥！”

我老是想起这两句话：“宁吃一斗葱，莫逢屈突通。”这两句话大概出自杨升庵的《古谣谚》。屈突通不知是什么人，印象中好像是北朝的一个很凶恶的武人。读书不随手做点笔记，到要用时就想不起来了。我为什么老是要想起这两句话呢？因为我每天都要吃葱，爱吃葱。

“小葱拌豆腐——一清二白”，每年小葱下来时我都要吃几次小葱拌豆腐，盐、香油、少量味精。

羊角葱蘸酱卷煎饼。

再过几天，新葱——新鲜的大葱就下来了。

我在一九五八年被定为右派，尚未下放，曾在西山八大处干了一阵活，为大葱装箱。是山东大葱，出口的，可能是出口到东南亚的。这样好的大葱我真没有见过，葱白够一尺长，粗如擀面杖。我们的任务是把大葱在大箱里码整齐，钉上木板。闻得出来，这大葱味甜不辣，很香。

新山药（土豆，马铃薯）快下来了，新山药入大笼蒸熟，一揭屉盖，喷香！山药说不上有什么味道，可是就是有那么一种新山药气。羊肉卤蘸莜面卷，新山药，塞外美食。

苤蓝、茄子，口外都可以生吃。

逐臭

“臭豆腐、酱豆腐，王致和的臭豆腐！”过去卖臭豆腐、酱豆腐是由小贩担子沿街串巷吆喝着卖的。王致和据说是有这么个人的。皖南屯溪人，到北京来赶考，不中，穷困落魄，流落在北京，百无聊赖，想起家乡的臭豆腐，遂依法炮制，沿街叫卖，生意很好，干脆放弃功名，以此为生。这个传说恐怕不可靠，一个皖南人跑到北京来赶考，考的是什么功名？无此道理。王致和臭豆腐家喻户晓，世代相传，现在成了什么“集团”，厂房很大，但是商标仍是“王致和”。王致和臭豆腐过去卖得很便宜，是北京最便宜的一种贫民食品，都是用筷子夹了卖，现在改用方瓶码装，卖得很贵，成了奢侈品。有一个侨居美国的老人，晚年不断地想北京的臭豆腐，再来一碗热汤面，此生足矣。这个愿望本不难达到，但是臭豆腐很臭，上飞机前检查，绝对通不过，老华人恐怕将带着他的怀乡病，抱恨以终。

臭豆腐闻起来臭，吃起来香。有一位女同志，南京人。爱人到南京出差，问她要带什么东西。“臭豆腐。”她爱人买了一些，带到火车上。一车厢都大叫：“这是什么味道？什么味道！”

其实油炸臭豆腐干不只长沙有。我在武汉、上海、南京，都吃过。昆明的是烤臭豆腐，把臭油豆干放在下置炭火的铁箅子上烤。南京夫子庙卖油炸臭豆腐干用竹签子穿起来，十个一串，像北京的冰糖葫芦似的，穿了薄纱的旗袍或连衣裙的女郎，描眉画眼，一人手里拿了两三串臭豆腐，边走边吃，也是一种景观，他处所无。

吃臭，不只中国有，外国也有，我曾在美国吃过北欧的臭启司。招待我们的是诗人保罗·安格尔，他以为我吃不来这种东西。我连王致和臭豆腐都能整块整块地吃，还在乎什么臭启司！待老夫吃一个样儿叫你们见识见识！

不臭不好吃，越臭越好吃，口之于味并不都是“有同嗜焉”。

泡茶馆

“泡茶馆”是联大学生特有的语言。本地原来似无此说法，本地人只说“坐茶馆”。“泡”是北京话。其含义很难准确地解释清楚。勉强解释，只能说是持续长久地沉浸其中，像泡泡菜似的泡在里面。“泡蘑菇”“穷泡”，都有长久的意思。北京的学生把北京的“泡”字带到了昆明，和现实生活结合起来，便创造出一个新的词。“泡茶馆”，即长时间地在茶馆里坐着。本地的“坐茶馆”也含有时间较长的意思。到茶馆里去，首先是坐，其次才是喝茶（云南叫吃茶）。不过联大的学生在茶馆里坐的时间往往比本地人长，长得多，故谓之“泡”。

有一个姓陆的同学，是一怪人，曾经徒步旅行半个中国。这人真是一个泡茶馆的冠军。他有一个时期，整天在一家熟识的茶馆里泡着。他的盥洗用具就放在这家茶馆里。一起来就到茶馆里去洗脸刷牙，然后坐下来，泡一碗茶，吃两个烧饼，看书。一直到中午，起身出去吃午饭。吃了饭，又是一碗茶，直到吃晚饭。晚饭后，又是一碗，直到街上灯火阑珊，才夹着一本很厚的书回宿舍睡觉。

昆明的茶馆共分几类，我不知道。大致起来，只能分为两类：一类是大茶馆，一类是小茶馆。

正义路原先有一家很大的茶馆，楼上楼下，有几十张桌子。都是荸荠紫漆的八仙桌，很鲜亮。因为在热闹地区，坐客常满，人声嘈杂。所有的柱子上都贴着一张很醒目的字条："莫谈国事"。时常进来一个看相的术士，一手捧一个六寸来高的硬纸片，上书该术士的大名（只能叫作大名，因为往往不带姓，不能叫"姓名"；又不能叫"法名""艺名"，因为他并未出家，也不唱戏），一只手捏着一根纸媒子，在茶桌间绕来绕去，嘴里念说着"送看手相不要钱""送看手相不要钱"——他手里这根媒子即是看手相时用来指示手纹的。

这种大茶馆有时唱围鼓。围鼓即由演员或票友清唱。我很喜欢“围鼓”这个词。唱围鼓的演员、票友好像不是取报酬的。只是一群有同好的闲人聚拢来唱着玩。但茶馆却可借来招揽顾客，所以茶馆便于闹市张贴告条：“某月日围鼓”。到这样的茶馆里来一边听围鼓，一边吃茶，也就叫作“吃围鼓茶”。“围鼓”这个词大概是从四川来的，但昆明的围鼓似多唱滇剧。我在昆明七年，对滇剧始终没有入门。只记得不知什么戏里有一句唱词“孤王头上长青苔”。孤王的头上如何会长青苔呢？这个设想实在是奇，因此一听就永不能忘。

我要说的不是那种“大茶馆”。这类大茶馆我很少涉足，而且有些大茶馆，包括正义路那家兴隆鼎盛的大茶馆，后来大都陆续停闭了。我所说的是联大附近的茶馆。

从西南联大新校舍出来，有两条街，凤翥街和文林街，都不长。这两条街上至少有十家茶馆。从联大新校舍往东，折向南，进一座砖砌的小牌楼式的街门，便是凤翥街。街角右手第一家便是一家茶馆。这是一家小茶馆，只有三张茶桌，而且大小不等，形状不一的茶具也是比较粗糙的，随意画了几笔兰花的盖碗。除了卖茶，檐下挂着大串大串的草鞋和地瓜（湖南人所谓的凉薯），这也是卖的。张罗茶座的是一个女人。这女人长得很强壮，皮色也颇白净。她生了好些孩子。身边常有两个孩子围着她转，手里还抱着一个孩子。她经常敞着怀，一边奶着那个早该断奶的孩子，一边为客人冲茶。她的丈夫，比她大得多，状如猿猴，而目光锐利如鹰。他什么事情也不管，但是每天下午却捧了一个大碗喝牛奶。这个男人是一头种畜。这情况使我们颇为不解。这个白皙强壮的妇人，只凭一天卖几碗茶，卖一点草鞋、地瓜，怎么能喂饱了这么多张嘴，还能供应一个懒惰的丈夫每天喝牛奶呢？怪事！中国的妇女似乎有一种天授的惊人的耐力，多大的负担也压不垮。

由这家往前走几步，斜对面，曾经开过一家专门招徕大学生的新式茶馆。这家茶馆的桌椅都是新打的，涂了黑漆。堂倌系着白围裙。卖茶用细白瓷壶，不用盖碗（昆明茶馆卖茶一般都用盖碗）。除了清茶，还卖沱茶、香片、龙井。本地茶客从门外过，伸头看看这茶馆的局面，再看看里面坐得满满的大学生，就会挪步另走一家了。这家茶馆没有什么值得一记的事，而且开了不久就关了。联大学生至今还记得这家茶馆是因为隔壁有一家卖花生米的。这家似乎没有男人，站柜卖货是姑嫂两人，都还年轻，成天涂脂抹粉。尤其是那个小姑子，见人走过，辄作媚笑。联大学生叫她花生西施。这西施卖花生米是看人行事的。好看的来买，就给得多。难看的给得少。因此我们每次买花生米都推选一个挺拔英俊的“小生”去。

再往前几步，路东，是一个绍兴人开的茶馆。这位绍兴老板不知怎么会跑到昆明来，又不知为什么在这条小小的凤翥街上来开一爿茶馆。他至今乡音未改。大概他有一种独在异乡为异客的情绪，所以对待从外地来的联大学生异常亲热。他这茶馆里除了卖清茶，还卖一点芙蓉糕、萨其马、月饼、桃酥，都装在一个玻璃匣子里。我们有时觉得肚子里有点缺空而又不到吃饭的时候，便到他这里一边喝茶一边吃两块点心。有一个善于吹口琴的姓王的同学经常在绍兴人茶馆喝茶。他喝茶，可以欠账。不但喝茶可以欠账，我们有时想看电影而没有钱，就由这位口琴专家出面向绍兴老板借一点。绍兴老板每次都是欣然地打开钱柜，拿出我们需要的数目。我们于是欢欣鼓舞，兴高采烈，迈开大步，直奔南屏电影院。

再往前，走过十来家店铺，便是凤翥街口，路东路西各有一家茶馆。

路东一家较小，很干净，茶桌不多。掌柜的是个瘦瘦的男人，有几个孩子。掌柜的事情多，为客人冲茶续水，大都由他的十三四岁的大儿子担任，我们称他这个儿子为“主任儿子”。街西那家又脏又乱，地面坑洼不平，一地的烟头、火柴棍、瓜子皮。茶桌也是七大八小，摇摇晃晃，但是生意却特别好。从早到晚，人坐得满满的。也许是因为风水好。这家茶馆正在凤翥街和龙翔街交会处，门面一边对着凤翥街，一边对着龙翔街，坐在茶馆，两条街上的热闹都看得见。到这家吃茶的全部是本地人，本街的闲人、赶马的“马锅头”、卖柴的、卖菜的。他们都抽叶子烟。要了茶以后，便从怀里掏出一个烟盒——圆形，皮制的，外面涂着一层黑漆，打开来，揭开覆盖着的菜叶，拿出剪好的金堂叶子，一支一支地卷起来。茶馆的墙壁上张贴、涂抹得乱七八糟。但我却于西墙上发现了一首诗，一首真正的诗：

记得旧时好，

跟随爹爹去吃茶。

门前磨螺壳，

巷口弄泥沙。

是用墨笔题写在墙上的。这使我大为惊异了。这是什么人写的呢？

每天下午，有一个盲人到这家茶馆来说唱。他打着扬琴，说唱着。照现在的说法，这应是一种曲艺，但这种曲艺该叫什么名称，我一直没有打听着。我问过“主任儿子”，他说是“唱扬琴的”，我想不是。他唱的是什么？我有一次特意站下来听了一会儿，是：

……

良田美地卖了，

高楼大厦拆了，

娇妻美妾跑了，

狐皮袍子当了，

……

我想了想，哦，这是一首劝戒鸦片的歌，他这唱的是鸦片烟之危害。这是什么时候传下来的呢？说不定是林则徐时代某一忧国之士的作品。但是这个盲人只管唱他的，茶客们似乎都没有在听，他们仍然在说话，各人想自己的心事。到了天黑，这个盲人背着扬琴，点着马竿，踽踽地走回家去。我常常想：他今天能吃饱吗？

进大西门，是文林街，挨着城门口就是一家茶馆。这是一家最无趣味的茶馆。茶馆墙上的镜框里装的是美国电影明星的照片，蓓蒂·黛维丝、奥丽薇·德·哈苇兰、克拉克·盖博、泰伦·宝华……除了卖茶，还卖咖啡、可可。这家的特点是：进进出出的除了穿西服和麂皮夹克的比较有钱的男同学外，还有把头发卷成一根一根香肠似的女同学。有时到了星期六，还开舞会。茶馆的门关了，从里面传出《蓝色的多瑙河》和《风流寡妇》舞曲，里面正在“嘣嚓嚓”。

和这家斜对着的一家，跟这家截然不同。这家茶馆除卖茶，还卖煎血肠。这种血肠是牦牛肠子灌的，煎起来一街都闻得见一种极其强烈的气味，说不清是异香还是奇臭。这种西藏食品，那些把头发卷成香肠一样的女同学是绝对不敢问津的。

由这两家茶馆往东，不远几步，面南便可折向钱局街。街上有一家老式的茶馆，楼上楼下，茶座不少。说这家茶馆是“老式”的，是因为茶馆备有烟筒，可以租用。一段青竹，旁安一个粗如小指半尺长的竹管，一头装一个带爪的莲蓬嘴，这便是“烟筒”。在莲蓬嘴里装了烟丝，点以纸媒，把整个嘴埋在筒口内，尽力猛吸，筒内的水咚咚作响，浓烟便直灌肺腑，顿时觉得浑身通泰。吸烟筒要有点功夫，不会吸的吸不出烟来。茶馆的烟筒比家用的粗得多，高齐桌面，吸完就靠在桌腿边，吸时尤需底气充足。这家茶馆门前，有一个小摊，卖酸角（不知什么树上结的，形状有点像皂荚，极酸，入口使人蹙眉）、拐枣（也是树上结的，应该算是果子，状如鸡爪，一疙瘩一疙瘩的，有的地方即叫作鸡脚爪，味道很怪，像红糖，又有点像甘草）和泡梨（糖梨泡在盐水里，梨味本是酸甜的，昆明人却偏于盐水内泡而食之。泡梨仍有梨香，而梨肉极脆嫩）。过了春节则有人于门前卖葛根。葛根是药，我过去只在中药铺见过，切成四方的棋子块儿，是已经经过加工了的，原物是什么样子，我是在昆明才见到的。这种东西可以当零食来吃，我也是在昆明才知道。一截葛根，粗如手臂，横放在一块板上，外包一块湿布。给很少的钱，卖葛根的便操起有点像北京切涮羊肉的肉片用的那种薄刃长刀，切下薄薄的几片给你。雪白的。嚼起来有点像干瓤的生白薯片，而有极重的药味。据说葛根能清火。联大的同学大概很少人吃过葛根。我是什么奇奇怪怪的东西都要买一点尝一尝的。

大学二年级那一年，我和两个外文系的同学经常一早就坐在这家茶馆靠窗的一张桌边，各自看自己的书，有时整整坐一上午，彼此不交语。我这时才开始写作，我的最初几篇小说，即是在这家茶馆里写的。茶馆离翠湖很近，从翠湖吹来的风里，时时带有水浮莲的气味。

回到文林街。文林街中，正对府甬道，后来新开了一家茶馆。这家茶馆的特点一是卖茶用玻璃杯，不用盖碗，也不用壶。不卖清茶，卖绿茶和红茶。红茶色如玫瑰，绿茶苦如猪胆。第二是茶桌较少，且覆有玻璃桌面。在这样的桌子上打桥牌实在是再适合不过了，因此到这家茶馆来喝茶的，大都是来打桥牌的，这茶馆实在是一个桥牌俱乐部。联大打桥牌之风很盛。有一个姓马的同学每天到这里打桥牌。一九四九年后，我才知道他是老地下党员，昆明学生运动的领导人之一。学生运动搞得那样热火朝天，他每天都只是很闲，很热衷地在打桥牌，谁也看不出他和学生运动有什么关系。

文林街的东头，有一家茶馆，是一个广东人开的，字号就叫“广发茶社”——昆明的茶馆我记得字号的只有这一家，原因之一，是我后来住在民强巷，离广发很近，经常到这家去。原因之二，是经常聚在这家茶馆里的，有几个助教、研究生和高年级的学生。这些人多多少少有一点玩世不恭。那时联大同学常组织什么学会，我们对这些俨乎其然的学会微存嘲讽之意。有一天，广发的茶友之一说：“咱们这也是一个学会，广发学会！”这本是一句茶余的笑话。不料广发的茶友之一，一九四九年后，在一次运动中被整得不可开交，胡乱交代问题，说他曾参加过“广发学会”。这就惹下了麻烦。几次有人专程到北京来外调“广发学会”问题。被调查的人心里想笑，又笑不出来，因为来外调的政工人员态度非常严肃。广发茶馆代卖广东点心。所谓广东点心，其实只是包了不同味道的甜馅的小小的酥饼，面上却一律贴了几片香菜叶子，这大概是这一家饼师的特有的手艺。我在别处吃过广东点心，就没有见过面上贴有香菜叶子的——至少不是每一块都贴。

或问：泡茶馆对联大学生有些什么影响？答曰：第一，可以养其浩然之气。联大的学生自然也是贤愚不等，但多数是比较正派的。那是一个污浊而混乱的时代，学生生活又穷困得近乎潦倒，但是很多人却能自诩清高，鄙视庸俗，并能保持绿意葱茏的幽默感，用来对付恶浊和穷困，并不颓丧灰心，这跟泡茶馆是有些关系的。第二，茶馆出人才。联大学生上茶馆，并不是穷泡，除了瞎聊，大部分时间都是用来读书的。联大图书馆座位不多，宿舍里没有桌凳，看书多半在茶馆里。联大同学上茶馆很少不挟着一本乃至几本书的。不少人的论文、读书报告，都是在茶馆写的。有一年一位姓石的讲师的《哲学概论》期终考试，我就是把考卷拿到茶馆里去答好了再交上去的。联大八年，出了很多人才。研究联大校史，搞"人才学"，不能不了解了解联大附近的茶馆。第三，泡茶馆可以接触社会。我对各种各样的人、各种各样的生活都发生兴趣，都想了解了解，跟泡茶馆有一定关系。如果我现在还算一个写小说的人，那么我这个小说家是在昆明的茶馆里泡出来的。

跑警报

西南联大有一位历史系的教授，听说是雷海宗先生，他开的一门课因为讲授多年，已经背得很熟，上课前无须准备；下课了，讲到哪里算哪里，他自己也不记得。每回上课，都要先问学生："我上次讲到哪里了？"然后就滔滔不绝地接着讲下去。班上有个女同学，笔记记得最详细，一句话不落。雷先生有一次问她："我上一课最后说的是什么？"这位女同学打开笔记来，看了看，说："您上次最后说：'现在已经有空袭警报，我们下课。'"

这个故事说明昆明警报之多。我刚到昆明的头两年，一九三九年、一九四〇年，三天两头有警报。有时每天都有，甚至一天有两次。昆明那时几乎说不上有空防力量，日本飞机想什么时候来就什么时候来。有时竟至在头一天广播：明天将有二十七架飞机来昆明轰炸。日本的空军指挥部还真言而有信，说来准来！

一有警报，别无他法，大家就都往郊外跑，叫作“跑警报”。“跑”和“警报”联在一起，构成一个语词，细想一下，是有些奇特的，因为所跑的并不是警报。这不像“跑马”“跑生意”那样通顺。但是大家就这么叫了，谁都懂，而且觉得很合适。也有叫“逃警报”或“躲警报”的，都不如“跑警报”准确。“躲”，太消极；“逃”又太狼狈。唯有这个“跑”字于紧张中透出从容，最有风度，也最能表达丰富生动的内容。

有一个姓马的同学最善于跑警报。他早起看天，只要是万里无云，不管有无警报，他就背了一壶水，带点吃的，夹着一卷温飞卿或李商隐的诗，向郊外走去。直到太阳偏西，估计日本飞机不会来了，才慢慢地回来。这样的人不多。

警报有三种。如果在四十多年前向人介绍警报有几种，会被认为有“神经病”，这是谁都知道的。然而对今天的青年，却是一项新的课题。一曰“预行警报”。

联大有一个姓侯的同学，原系航校学生，因为反应迟钝，被淘汰下来，读了联大的哲学心理系。此人对于航空旧情不忘，曾用黄色的“标语纸”贴出巨幅“广告”，举行学术报告，题曰《防空常识》。他不知道为什么对“警报”特别敏感。他正在听课，忽然跑了出去，站在“新校舍”的南北通道上，扯起嗓子大声喊叫：“现在有预行警报，五华山挂了三个红球！”可不！抬头望南一看，五华山果然挂起了三个很大的红球。五华山是昆明的制高点，红球挂出，全市皆见。我们一直很奇怪：他在教室里，正在听讲，怎么会“感觉”到五华山挂了红球呢？教室的门窗并不都正对五华山。

一有预行警报，市里的人就开始向郊外移动。住在翠湖迤北的，多半出北门或大西门，出大西门的似尤多。大西门外，越过联大新校门前的公路，有一条由南向北的用浑圆的石块铺成的宽可五六尺的小路。这条路据说是驿道，一直可以通到滇西。路在山沟里。平常走的人不多。常见的是驮着盐巴、碗糖或其他货物的马帮走过。赶马的马锅头侧身坐在木鞍上，从齿缝里咝咝地吹出口哨（马锅头吹口哨都是这种吹法，没有撮唇而吹的），或低声唱着呈贡“调子”：

哥那个在至高山那个放呀放放牛，
妹那个在至花园那个梳那个梳梳头。
哥那个在至高山那个招呀招招手，
妹那个在至花园点那个点点头。

这些走长道的马锅头有他们的特殊装束。他们的短褂外部套了一件白色的羊皮背心，脑后挂着漆布的凉帽，脚下是一双厚牛皮底的草鞋状的凉鞋，鞋帮上大都绣了花，还钉着亮晶晶的“鬼眨眼”亮片。这种鞋似只有马锅头穿，我没见从事别种行业的人穿过。马锅头押着马帮，从这条斜阳古道上走过，马项铃哗啦哗啦地响，很有点浪漫主义的味道，有时会引起远客的游子一点淡淡的乡愁……

有了预行警报，这条古驿道就热闹起来了。从不同方向来的人都涌向这里，形成了一条人河。走出一截，离市较远了，就分散到古道两旁的山野，各自寻找一个合适的地方待下来，心平气和地等着，等空袭警报。

联大的学生见到预行警报，一般是不跑的，都要等听到空袭警报：汽笛声一短一长，才动身。新校舍北边围墙上有一个后门，出了门，过铁道（这条铁道不知起讫地点，从来也没见有火车通过），就是山野了。要走，完全来得及。所以雷先生才会说“现在已经有空袭警报”。只有预行警报，联大师生一般都是照常上课的。

跑警报大都没有准地点，漫山遍野。但人也有习惯性，跑惯了哪里，愿意上哪里。大多是找一个坟头，这样可以靠靠。昆明的坟多有碑，碑上除了刻下坟主的名讳，还刻出“× 山 × 向”并开出坟茔的“四至”。这风俗我在别处还未见过。这大概也是一种古风。

说是漫山遍野，但也有几个比较集中的“点”。古驿道的一侧，靠近语言研究所资料馆不远，有一片马尾松林，就是一个点。这地方除了离学校近，有一片碧绿的马尾松，树下一层厚厚的干了的松毛，很软和，空气好，马尾松挥发出很重的松脂气味，晒着从松枝间漏下的阳光，或仰面看松树上面的蓝得要滴下来的天空，都极舒适外，是因为这里还可以买到各种零吃。昆明做小买卖的，有了警报，就把担子挑到郊外来了。

五味俱全，什么都有。最常见的是“丁丁糖”。“丁丁糖”即麦芽糖，也就是北京人祭灶用的关东糖，不过做成一个直径一尺多、厚可一寸许的大糖饼，放在四方的木盘上，有人掏钱要买，糖贩即用一个刨刃形的铁片楔入糖边，然后用一个小小的铁锤，一击铁片，“叮”的一声，一块糖就震裂下来了，所以叫作“丁丁糖”。其次是炒松子。昆明松子极多，个大皮薄仁饱，很香，也很便宜。我们有时能在松树下面捡到一个很大的成熟了的生的松球，就掰开鳞瓣，一颗一颗地吃起来。那时候，我们的牙都很好，那么硬的松子壳，一嗑就开了！

另一个集中点比较远，得沿古驿道走出四五里，驿道右侧较高的土山上有一横断的山沟（大概是哪一年地震造成的），沟深约三丈，沟口有二丈多宽，沟底也宽有六七尺。这是一个很好的天然防空沟，日本飞机若是投弹，只要不是直接命中，落在沟里，即便是在沟顶上爆炸，弹片也不易崩进来。机枪扫射也不要紧，沟的两壁是死角。这道沟可以容数百人。有人常到这里，就利用闲空，在沟壁上修了一些私人专用的防空洞，大小不等，形式不一。这些防空洞不仅表面光洁，有的还用碎石子或碎瓷片嵌出图案，缀成对联。对联大都有新意。我至今记得两副，一副是：

人生几何
恋爱三角

一副是：

见机而作
入土为安

对联的嵌缀者的闲情逸致是很可叫人佩服的。前一副也许是有感而发，后一副却是纪实。

警报有三种。预行警报大概是表示日本飞机已经起飞。拉空袭警报大概是表示日本飞机进入云南省境了，但是进云南省不一定到昆明来。等到汽笛拉了紧急警报：连续短音，这才可以肯定是朝昆明来的。空袭警报到紧急警报之间，有时要间隔很长时间，所以到了这里的人都不忙下沟，沟里没有太阳，而且过早地像云冈石佛似的坐在洞里也很无聊，大都先在沟上看书、闲聊、打桥牌。很多人听到紧急警报还不动，因为紧急警报后日本飞机也不定准来，常常是折飞到别处去了。要一直等到看见飞机的影子了，这才一骨碌站起来，下沟，进洞。联大的学生，以及住在昆明的人，对跑警报太有经验了，从来不仓皇失措。

上举的前一副对联或许是一种泛泛的感慨，但也是有现实意义的。跑警报是谈恋爱的机会。联大同学跑警报时，成双作对的很多。空袭警报一响，男的就在新校舍的路边等着，有时还提着一袋点心吃食，宝珠梨、花生米……他等的女同学来了，“嗨！”于是欣然并肩走出新校舍的后门。跑警报说不上是同生死共患难，但隐隐约约有那么一点危险感，和看电影、遛翠湖时不同。这一点危险感使两方的关系更加亲近了。女同学乐于有人伺候，男同学也正好殷勤照顾，表现一点骑士风度。正如孙悟空在高老庄所说：“一来医得眼好，二来又照顾了郎中，这是凑四合六的买卖。”从这点来说，跑警报是颇为罗曼蒂克的。有恋爱，就有三角，有失恋。跑警报的“对儿”并非总是固定的，有时一方被另一方“甩”了，两人“吹”了，“对儿”就要重新组合。写（姑且叫作“写”吧）那副对联的，大概就是一位被“甩”的男同学。不过，也不一定。

警报时间有时很长，长达两三个小时，也很“腻歪”。紧急警报后，日本飞机轰炸已毕，人们就轻松下来。不一会儿，“解除警报”响了：汽笛拉长音，大家就起身拍拍尘土，络绎不绝地返回市里。也有时不等解除警报，很多人就往回走：天上起了乌云，要下雨了。一下雨，日本飞机不会来。在野地里被雨淋湿，可不是事！一有雨，我们有一个同学一定是一马当先往回奔，就是前面所说的那位报告预行警报的姓侯的。他奔回新校舍，到各个宿舍搜罗了很多雨伞，放在新校舍的后门外，见有女同学来，就递过一把。他怕这些女同学挨淋。这位侯同学长得五大三粗，却有一副贾宝玉的心肠。大概是上了吴雨僧先生的《红楼梦》的课，受了影响。侯兄送伞，已成定例。警报下雨，一次不落。名闻全校，贵在有恒。这些伞，等雨住后他还会到南院女生宿舍去敛回来，再归还原主的。

跑警报，大都要把一点值钱的东西带在身边。最方便的是金子，金戒指。有一位哲学系的研究生曾经作了这样的逻辑推理：有人带金子，必有人会丢掉金子；有人丢金子，就会有人捡到金子。我是人，故我可以捡到金子。因此，他跑警报时，特别是解除警报以后，他每次都很留心地巡视路面。他当真两次捡到过金戒指！逻辑推理有此妙用，大概是教逻辑学的金岳霖先生所未料到的。

联大师生跑警报时没有什么可带，因为身无长物，一般大都是带两本书或一册论文的草稿。有一位研究印度哲学的金先生每次跑警报总要提了一只很小的手提箱。箱子里不是什么别的东西，是一个女朋友写给他的信——情书。他把这些情书视如性命，有时也会拿出一两封来给别人看。没有什么不能看的，因为没有卿卿我我的肉麻的话，只是一个聪明女人对生活的感受，文字很俏皮，充满了英国式的机智，是一些很漂亮的essay，字也很秀气。这些信实在是可以拿来出版的。金先生辛辛苦苦地保存了多年，现在大概也不知去向了，可惜。我看过这个女人的照片，人长得就像她写的那些信。

联大同学也有不跑警报的，据我所知，就有两人。一个是女同学，姓罗。一有警报，她就洗头。别人都走了，锅炉房的热水没人用，她可以敞开来洗，要多少水有多少水！另一个是一位广东同学，姓郑。他爱吃莲子。一有警报，他就用一个大漱口缸到锅炉火口上去煮莲子。警报解除了，他的莲子也烂了。

有一次日本飞机炸了联大，昆明北院、南院，都落了炸弹，这位郑老兄听着炸弹乒乒乓乓在不远的地方爆炸，依然在新校舍大图书馆旁的锅炉上神色不动地搅和他的冰糖莲子。

抗战期间，昆明有过多少次警报，日本飞机来过多少次，无法统计。自然也死了一些人，毁了一些房屋。就我的记忆，大东门外，有一次日本飞机机枪扫射，田地里死的人较多。大西门外小树林里曾炸死了好几匹驮木柴的马。此外似无较大伤亡。警报、轰炸，并没有使人产生血肉横飞、一片焦土的印象。

日本人派飞机来轰炸昆明，其实没有什么实际的军事意义，用意不过是吓唬吓唬昆明人，施加威胁，使人产生恐惧。他们不知道中国人的心理是有很大的弹性的，不那么容易被吓得魂不附体。我们这个民族，长期以来，生于忧患，已经很“皮实”了，对于任何猝然而来的灾难，都用一种“儒道互补”的精神对待之。这种“儒道互补”的真髓，即“不在乎”。这种“不在乎”精神，是永远征不服的。

为了反映“不在乎”，作《跑警报》。

新校舍

西南联大的校舍很分散。有一些是借用原先的会馆、祠堂、学校，只有新校舍是联大自建的，也是联大的主体。这里原来是一片坟地，坟主的后代大都已经式微或他徙了，联大征用了这片地并未引起麻烦。有一座校门，极简陋，两扇大门是用木板钉成的，不施油漆，露着白茬。门楣横书大字：“国立西南联合大学”。进门是一条贯通南北的大路。路是土路，到了雨季，接连下雨，泥泞没足，极易滑倒。大路把新校舍分为东西两区。

路以西，是学生宿舍。土墙，草顶。两头各有门。窗户是在墙上留出方洞，直插着几根带皮的树棍。空气是很流通的，因为没有人爱在窗洞上糊纸，当然更没有玻璃。昆明气候温和，冬天从窗洞吹进一点风，也不要紧。宿舍是大统间，两边靠墙，和墙垂直，各排了十张双层木床。一张床睡两个人，一间宿舍可住四十人。我没有留心过这样的宿舍共有多少间。我曾在二十五号宿舍住过两年。二十五号不是最后一号。如果以三十间计，则新校舍可住一千二百人。联大学生约三千人，工学院住在拓东路迤西会馆，女生住“南院”，新校舍住的是文、理、法三院的男生。估计起来，可以住得下。学生并不老老实实地让双层床靠墙直放，向右看齐，不少人给它重新组合，把三张床拼成一个U字，外面挂上旧床单或钉上纸板，就成了一个独立天地，屋中之屋。结邻而居的，多是谈得来的同学。也有的不是自己选择的，是学校派定的。我在二十五号宿舍住的时候，睡靠门的上铺，和下铺的一位同学几乎没有见过面。他是历史系的，姓刘，河南人。他是个农家子弟，到昆明来考大学是自己由河南挑了一担行李走来的——到昆明来考联大的，多数是坐公共汽车来的，乘滇越铁路火车来的，但也有利用很奇怪的交通工具来的。物理系有个姓应的学生，是自己买了一头毛驴，从西康骑到昆明来的。我和历史系同学怎么会没有见过面呢？他是个很用功的老实学生，每天黎明即起，到树林里去读书。我是个夜猫子，天亮才回床睡觉。一般说，学生搬床位，调换宿舍，学校是不管的，从来也没有办事职员来查看过。有人占了一个床位，却终年不来住。也有根本不是联大的，却在宿舍里住了几年。有一个青年小说家曹卣——他很年轻时就在《文学》这样的大杂志上发表过小说，他是同济大学的，却住在二十五号宿舍。也不到同济上课，整天在二十五号写小说。

桌椅是没有的。很多人去买了一些肥皂箱。昆明肥皂箱很多，也很便宜。一般三个肥皂箱就够用了。上面一个，面上糊一层报纸，是书桌。下面两层放书，放衣物，这就书橱、衣柜都有了。椅子？床就是。不少未来学士在这样的肥皂箱桌面上写出了洋洋洒洒的论文。

宿舍区南边，校门围墙西侧以里，是一个小操场。操场上有一副单杠和一副双杠。体育主任马约翰带着大一学生在操场上上体育课。马先生一年四季只穿一件衬衫、一件西服上衣，下身是一条猎裤，从不穿毛衣、大衣。面色红润，连光秃秃的头顶也红润，脑后一圈雪白的鬈发。他上体育课不说中文，他的英语带北欧口音。学生列队，他要求学生必须站直：

"Boys!You must keep your body straight!"我年轻时就有点驼背，始终没有straight起来。

操场上有一个篮球场，很简陋。遇有比赛，都要临时画线，现结篮网，但是很多当时的篮球名将如唐宝华、牟作云……都在这里展过身手。

大路以东，有一条较小的路。这条路经过一个池塘，池塘中间有一座大坟，成为一个岛，岛上开了很多野蔷薇，花盛时，香扑鼻。这个小岛是当初规划新校舍时特意留下的。于是成了一个景点。

往北，是大图书馆。这是新校舍唯一的瓦顶建筑。每天一早，就有一堆学生在外面等着。一开门，就争先进去，抢座位（座位不很多），抢指定参考书（参考书不够用）。晚上十点半钟，图书馆的电灯还亮着，还有很多学生在里面看书。这都是很用功的学生。大图书馆我只进去过几次。这样正襟危坐，集体苦读，我实在受不了。

图书馆门前有一片空地。联大没有大会堂，有什么全校性的集会便在这里举行。在图书馆关着的大门上用摁钉摁两面党国旗，也算是会场。我入学不久，张清常先生在这里教唱过联大校歌（校歌是张先生谱的曲），学唱校歌的同学都很激动。每月一号，举行一次“国民月会”，全称应是“国民精神总动员月会”，可是从来没有人用全称，实在太麻烦了。国民月会有时请名人来演讲，一般都是梅贻琦校长讲讲话。梅先生很严肃，面无笑容，但说话很幽默。有一阵昆明闹霍乱，梅先生劝大家不要在外面乱吃东西，说：“有一位同学说，‘我吃了那么多次，也没有得过一次霍乱。’这种事情是不能有第二次的。”开国民月会时，没有人老实站着，都是东张西望，心不在焉。

“一二·一惨案”（国民党军队枪杀三位同学、一位老师）发生后，大图书馆曾布置成死难烈士的灵堂，四壁都是挽联，灵前摆满了花圈，大香大烛，气氛十分肃穆悲壮。那两天昆明各界前来吊唁的人络绎于途。

大图书馆后面是大食堂。学生吃的饭是通红的糙米，装在几个大木桶里，盛饭的瓢也是木头的，因此饭有木头的气味。饭里什么都有：沙砾、耗子屎……被称为“八宝饭”。八个人一桌，四个菜，装在酱色的粗陶碗里。菜多盐而少油。常吃的菜是煮芸豆，还有一种叫作魔芋豆腐的灰色的凉粉似的东西。

大图书馆的东面，是教室。土墙，铁皮顶。铁皮上涂了一层绿漆。有时下大雨，雨点敲得铁皮叮叮当当地响。教室里放着一些白木椅子。椅子是特制的，右手有一块羽毛球拍大小的木板，可以在上面记笔记。椅子是不固定的，可以随便搬动，从这间教室搬到那间。吴宓先生上“红楼梦研究”课，见下面有女生没有坐下，就立即走到别的教室去搬椅子。一些颇有骑士风度的男同学于是追随吴先生之后，也去搬。到女同学都落座，吴先生才开始上课。

我是个吊儿郎当的学生，不爱上课。有的教授授课是很严格的。教西洋通史（这是文学院必修课）的是皮名举，他要求学生记笔记，还要交历史地图。我有一次画了一张马其顿王国的地图，皮先生在我的地图上批了两行字：“阁下所绘地图美术价值甚高，科学价值全无。”第一学期期终考试，我得了三十七分。第二学期我至少得考八十三分，这样两学期平均，才能及格，这怎么办？到考试时我拉了两个历史系的同学，一个坐在我的左边，一个坐在我的右边。坐在右边的同学姓钮，左边的那个忘了。我就抄左边的同学一道答题，又抄右边的同学一道。公布分数时，我得了八十五分，及格还有富余！

朱自清先生教课也很认真。他教我们宋诗。他上课时带一沓卡片，一张一张地讲。要交读书笔记，还要月考、期考。我老是缺课，因此朱先生对我印象不佳。

多数教授讲课很随便。刘文典先生教《昭明文选》，一个学期才讲了半篇木玄虚的《海赋》。

闻一多先生上课时，学生是可以抽烟的。我上过他的“楚辞”。上第一课时，他打开高一尺又半的很大的毛边纸笔记本，抽上一口烟，用顿挫鲜明的语调说：“痛饮酒，熟读《离骚》——乃可以为名士。”他讲唐诗，把晚唐诗和后期印象派的画联系起来讲。这样讲唐诗，别的大学里大概没有。闻先生的课都不考试，学期终了交一篇读书报告即可。

唐兰先生教词选，基本上不讲。打起无锡腔调，把词“吟”一遍：“‘双鬟隔香红啊——玉钗头上风……’好！真好！”这首词就算讲过了。

西南联大的课程可以随意旁听。我听过冯文潜先生的美学。他有一次讲一首词：

汴水流，

泗水流，

流到瓜洲古渡头，

吴山点点愁。

冯先生说他教他的孙女念这首词，他的孙女把“吴山点点愁”念成“吴山点点头”，他举的这个例子我一直记得。

吴宓先生讲“中西诗之比较”，我很有兴趣地去听。不料他讲的第一首诗却是：

一去二三里，

烟村四五家，

楼台六七座，

八九十枝花。

我不好好上课，书倒真也读了一些。中文系办公室有一个小图书馆，通称系图书馆。我和另外一两个同学每天晚上到系图书馆看书。系办公室的钥匙就由我们拿着，随时可以进去。系图书馆是开架的！要看什么书自己拿，不需要填卡片这些麻烦手续。有的同学看书是有目的有系统的。一个姓范的同学每天摘抄《太平御览》。我则是从心所欲，随便瞎看。我这种乱七八糟看书的习惯一直保持到现在。我觉得这个习惯挺好。夜里，系图书馆很安静，只有哲学心理系有几只狗怪声嗥叫——一个教生理学的教授做实验，把狗的不同部位的神经结扎起来，狗于是怪叫。有一天夜里我听到墙外一派鼓乐声，虽然悠远，但很清晰。半夜里怎么会有鼓乐声？只能这样解释：这是鬼奏乐。我确实听到的，不是错觉。我差不多每夜看书，到鸡叫才回宿舍睡觉——因此我和历史系那位姓刘的河南同学几乎没有见过面。

新校舍大门东边的围墙是“民主墙”。墙上贴满了各色各样的壁报，左、中、右都有。有时也有激烈的论战。有一次三青团办的壁报有一篇宣传国民党观点的文章，另一张“群社”编的壁报上很快就贴出一篇反驳的文章，批评三青团壁报上的文章是“咬着尾巴兜圈子”。这批评很尖刻，也很形象。“咬着尾巴兜圈子”是狗。时隔近五十年，我对这一警句还记得十分清楚。当时有一个“冬青社”（联大学生社团甚多），颇有影响。冬青社办了两块壁报，一块是《冬青诗刊》，一块就叫《冬青》，是刊载杂文和漫画的。冯友兰先生、查良钊先生、马约翰先生，都曾被画进漫画。冯先生、查先生、马先生看了，也并不生气。

除了壁报，还有各色各样的启事。有的是出让衣物的。大都是八成新的西服、皮鞋。出让的衣物就放在大门旁边的校警室里，可以看货付钱。也有寻找失物的启事，大都写着："鄙人不慎，遗失了什么东西，如有捡到者，请开示姓名住处，失主即当往取，并备薄酬。"所谓"薄酬"，通常是五香花生米一包。有一次有一位同学贴出启事："寻找眼睛。"另一位同学在他的启事标题下用红笔画了一个大问号。他寻找的不是"眼睛"，是"眼镜"。

新校舍大门外是一条碎石块铺的马路。马路两边种着高高的尤加利树（桉树，云南到处皆有）。

马路北侧，挨新校的围墙，每天早晨有一溜卖早点的摊子。最受欢迎的是一个广东老太太卖的煎鸡蛋饼。一个瓷盆里放着鸡蛋加少量的水和成的稀面，舀一大勺，摊在平铛上，煎熟，加一把葱花。广东老太太很舍得放猪油。鸡蛋饼煎得两面焦黄，猪油嗞嗞作响，喷香。一个鸡蛋饼直径一尺，卷而食之，很解馋。

晚上，常有一个贵州人来卖馄饨面。有时馄饨皮包完了，他就把馄饨馅拨在汤里下面。问他："你这叫什么面？"贵州老乡毫不迟疑地说："桃花面！"

马路对面常有一个卖水果的。卖桃子，"面核桃"和"离核桃"，卖泡梨——棠梨泡在盐水里，梨肉转为极嫩、极脆。晚上有时有云南兵骑马由东面驰向西面，马蹄铁敲在碎石块的尖棱上，迸出一朵朵火花。

有一位曾在联大任教的作家教授在美国讲学。美国人问他：西南联大八年，设备条件那样差，教授、学生生活那样苦，为什么能出那样多的人才？有一个专门研究联大校史的美国教授以为联大八年，出的人才比北大、清华、南开三十年出的人才都多。为什么？这位作家回答了两个字：自由。

未尽才

——故人偶记

陶光

陶光，字重华，但我们背后都只叫他陶光。他是我的大一国文教作文的老师。西南联大大一教课文和教作文的是两个人。教课文的是教授、副教授，教作文的一般是讲师、助教。陶光当时是助教。陶光面白皙，风度翩翩。他有个特点。上课穿了两件长衫来，都是毛料的，外面一件是铁灰色的，里面一件是咖啡色的。进了教室就把外面一件脱了，挂在墙上的钉子上。外面一件就成了夹大衣。教作文，主要是修改学生的作文，评讲。他有时评讲到得意处，就把眼睛闭起来，很陶醉。有一个也是姓陶的女同学写了一篇抒情散文，记下雨天听一盲人拉二胡的感受，陶先生在一段的末尾给她加了一句：“那湿冷的声音湿冷了我的心。”当时我就记住了。也许是因为第二个“湿冷”是形容词作动词用，有点新鲜。也许是这一句的感伤主义情绪。

他后来转到云南大学教书去了，好像升了讲师。

后来我跟他熟起来是因为唱昆曲。云南大学中文系成立了一个曲社，教学生拍曲子的，主要的教师是陶光。吹笛子的是历史系教员张宗和。陶先生的曲子唱得很好，是跟红豆馆主学过的。他是唱冠生的，嗓子很好，高亮圆厚，底气很足。《拾画叫画》《八阳》《三醉》《琵琶记·辞朝》《迎像哭像》……都唱得慷慨淋漓，非常有感情。用现在的说法，他唱曲子是很“投入”的。

他主攻的学问是什么，我不了解。他是刘文典的学生，好像研究过《淮南子》。据说他的旧诗写得很好，我没有见过。他的字写得很好，是写二王的。我见过他为刘文典的《〈淮南子〉校注》石印本写的扉页的书题，极有功力。还见过他为一个同学写的小条幅，是写在桃红底子的冷金笺上的：

故园东望路漫漫，
双袖龙钟泪不干。
马上相逢无纸笔，
凭君传语报平安。

字有《圣教序》笔意。选了这首唐诗，大概是有所感的，那时已是抗战胜利，联大的老师、同学都作北归之计，他还要滞留云南。他常有感伤主义的气质，触景生情是很自然的。

他留在云南大学教书。我们北上后不大知道他的消息。听说经刘文典做媒，和一个唱滇戏的女演员结了婚。后来好像又离了。滇戏演员大概很难欣赏这位才子。

后来他去了台湾，大概还是教书。后在台湾客死，遗诗一卷。我总觉得他在台湾是寂寞的。

陆

真抱歉，我连他的真名都想不起来了。和他同时期的研究生都叫他“小陆克”。陆克是三十年代美国滑稽电影明星。叫他小陆克是没有道理的。他没有哪一点像陆克，只是因为他姓陆。长脸，个儿很高。两腿甚长，走起路来有点打晃。这个人物有点传奇性，他曾经徒步旅行了大半个中国。之所以能完成这一壮举，大概是因为他腿长。

他在云南大学附近的一所中学——南英中学兼一点课，我也在南英中学教一班国文，联大同学在中学兼课的很多，这样我们就比较熟了。他的特点是一天到晚泡茶馆，可称为联大泡茶馆的冠军。他把脸盆、毛巾、牙刷都放在南英中学下坡对面的一家茶馆里，早起到茶馆洗脸，然后泡一碗茶，吃两个烧饼。他的手指特别长，拿烧饼的姿势是兰花手。吃了烧饼就喝茶看书。他好像是历史系的研究生，所看的大都是很厚的外文书。中午，出去随便吃点东西，回来重要一碗茶，接着泡。看书，整个下午。晚上出去吃点东西，回来接着泡。一直到灯火阑珊，才挟了厚书回南英中学睡觉。他看了那么多书，可是一直没见他写过什么东西。联大的研究生、高年级的学生，在茶馆里喜欢高谈阔论，他只是在一边听着，不发表他的见解。他到底有没有才华？我想是有的。也许他眼高手低？也许天性羞涩，不爱表现？

他后来到了重庆，听说生活很潦倒，到了吃不上饭的地步。终于死在重庆。

朱南铣

朱南铣是个怪人。我是通过朱德熙和他认识的。德熙和他是中学同学。他个子不高，长得很清秀，一脸聪明相，一看就是江南人。研究生都很佩服他，因为他外文、古文都很好，很渊博。他和另外几个研究生被人称为“无锡学派”，无锡学派即钱钟书学派，其特点是学贯中西，博闻强记。他是念哲学的，可是花了很长时间钻研滇西地理。

他家在上海开钱庄，他有点“小开”脾气。我们几个人：

朱德熙、王逊、徐孝通常和他一起喝酒。昆明的小酒铺都是窄长的小桌子，盛酒的是莲蓬大的绿陶小碗，一碗一两。朱南铣进门，就叫“摆满”，排得一桌酒碗。他最讨厌在吃饭时有人在后面等座。有一天，他和几个人快吃完了，后面的人以为这张桌子就要空出来了，不料他把堂倌叫来：“再来一遍！”——把刚才上过的菜原样再上一次。

他只看外文和古文的书，对时人著作一概不看。我和德熙到他家开的钱庄去看他，他正躺在藤椅上看方块报，说：“我不看那些学术文章，有时间还不如看看方块报。”

他请我们几个人到老正兴吃螃蟹喝绍兴酒。那天他和我都喝得大醉，回不了家，德熙等人把我们两人送到附近一家小旅馆睡了一夜。德熙后来跟我说：“你和他喝酒不能和他喝得一样多。如果跟他喝得一样多，他一定还要再喝。”这人非常好胜。

他后来在人民文学出版社当编辑，研究《红楼梦》。

听说，他在咸宁干校，有一天喝醉酒，掉到河里淹死了。他没有留下什么著作。他把关于《红楼梦》的独创性的见解都随手记在一些香烟盒上。据说有人根据他在香烟盒子上写的一两句话写了很重要的论文。

吴大和尚和七拳半

我的家乡有“吃晚茶”的习惯。下午四五点钟，要吃一点点心、一碗面，或两个烧饼或“油端子”。一九八一年，我回到阔别四十余年的家乡，家乡人还保持着这个习惯。一天下午，“晚茶”是烧饼。我问：“这烧饼就是巷口那家的？”我的外甥女说：“是七拳半做的。”“七拳半”当然是个外号，形容这人很矮，只有七拳半那样高，这个外号很形象，不知道是哪个尖嘴薄舌而极其聪明的人给他起的。

我吃着烧饼，烧饼很香，味道跟四十多年前的一样，就像吴大和尚做的一样。于是我想起吴大和尚。

我家除了大门、旁门，还有一个后门。这后门即开在吴大和尚住家的后墙上。打开后门，要穿过吴家，才能到巷子里。我们有时抄近，从后门出入，吴大和尚家的情况看得很清楚。

吴大和尚（这是小名，我们那里很多人有大名，但一辈子只以小名“行”）开烧饼饺面店。

我们那里的烧饼分两种。一种叫作“草炉烧饼”，是在砌得高高的炉里用稻草烘熟的。面粗，层少，价廉，是乡下人进城时买了充饥当饭的。一种叫作“桶炉烧饼”。用一只大木桶，里面糊了一层泥，炉底燃煤炭，烧饼贴在炉壁上烤熟。“桶炉烧饼”有碗口大，较薄而多层，饼面芝麻多，带椒盐味。如加钱，还可“插酥”，即在擀烧饼时加较多的“油面”，烤出，极酥软。如果自己家里拿了猪油渣和霉干菜去，做成霉干菜油渣烧饼，风味独绝。吴大和尚家做的是“桶炉”。

原来，我们那里饺面店卖的面是“跳面”。在墙上挖一个洞，将木杠插在洞内，下置面案，木杠压在和得极硬的一大块面上，人坐在木杠上，反复压这一块面。因为压面时要一步一跳，所以叫作“跳面”。“跳面”可以切得极细极薄，下锅不浑汤，吃起来有韧劲而又甚柔软。汤料只有虾子、熟猪油、酱油、葱花，但是很鲜。如不加汤，只将面下在作料里，谓之“干拌”，尤美。我们把馄饨叫作饺子。吴家也卖饺子。但更多的人去，都是吃“饺面”，即一半馄饨一半面。我记得四十年前吴大和尚家的饺面是一百二十文一碗，即十二个当十铜元。

吴家的格局有点特别。住家在巷东，即我家后门之外，店堂却在对面。店堂里除了烤烧饼的桶炉，有锅台，安了大锅，煮面及饺子用；另有一张（只一张）供顾客吃面的方桌。都收拾得很干净。

吴家人口简单。吴大和尚有一个年轻的老婆，管包饺子、下面。他这个年轻的老婆个子不高，但是身材很苗条。肤色微黑。眼睛狭长，睫毛很重，是所谓“桃花眼”。左眼上眼皮有一小块疤，想是小时生疮落下来。这块小疤使她显得很俏。但她从不和顾客眉来眼去，卖弄风骚，只是低头做事，不声不响。穿着也很朴素，只是青布的衣裤。她和吴大和尚生了一个孩子，还在喂奶。吴大和尚有一个妈，整天也不闲着，翻一家的棉袄棉裤，纳鞋底，摇晃睡在摇篮里的孙子。另外，还有个小伙计，“跳”面、烧火。

表面上看起来，这家过得很平静，不争不吵。其实不然。

吴大和尚经常在夜里打他的老婆，因为老婆“偷人”。我们那里把和人发生私情叫作“偷人”。打得很重，用劈柴打，我们隔着墙都能听见。这个小个子女人很倔强，不哭，不喊，一声不出。

第二天早起，一切如常，该干什么还干什么。吴大和尚擀烧饼、烙烧饼，他老婆包饺子、下面。

终于有一天吴大和尚的年轻老婆不见了，跑了，丢下她的奶头上的孩子，不知去向。我们始终不知道她的“孤佬”（我们那里把不正当的情人、野汉子，叫作“孤佬”）是谁。

我从小就对这个女人充满了尊敬，并且一直记得她的模样，记得她的桃花眼，记得她左眼上眼皮上的那一小块疤。

吴大和尚和这个桃花眼、小身材的小媳妇大概都已经死了。现在，这条巷口出现了七拳半的烧饼店。我总觉得七拳半和吴大和尚之间有某种关联，引起我一些说不清楚的感慨。

七拳半并不真是矮得出奇，我估量他大概有一米五六，是一个很精神的小伙子。他是一个名副其实的“个体户”，全店只有他一个人。他不难成为万元户，说不定已经是万元户，他的烧饼做得那样好吃，生意那样好。我无端地觉得，他会把本街的一个最漂亮的姑娘娶到手，并且这位姑娘会真心爱他，对他很体贴。我看看七拳半把烧饼贴在炉膛里的样子，觉得他对这点充满信心。

两个做烧饼的人所处的时代不同。我相信七拳半的生活将比吴大和尚的生活更合理一些、更好一些。

也许这只是我的希望。

晚翠园曲会

云南大学西北角有一所花园，园内栽种了很多枇杷树，“晚翠”是从千字文“枇杷晚翠”摘下来的。月亮门的门额上刻了“晚翠园”三个大字，是胡小石写的，很苍劲。胡小石当时在重庆中央大学教书。云大校长熊庆来和他是至交，把他请到昆明来，在云大住了一些时候。胡小石在云大、昆明写了不少字。当时正值昆明开展捕鼠运动，胡小石请有关当局给他拔了很多老鼠胡子，做了一束鼠须笔，准备带到重庆去，自用、送人。鼠须笔我从书上看到过，不想有人真用鼠须为笔。这三个字不知是不是鼠须笔所书。晚翠园除枇杷外，其他花木少，很幽静。

云大中文系有几个同学搞了一个曲社，活动（拍曲子、开曲会）多半在这里借用一个小教室，摆两张乒乓球桌，二三十张椅子，曲友毕集，就拍起曲子来。

曲社的策划人实为陶光（字重华），有两个云大中文系同学为其助手，管石印曲谱、借教室、打开水等杂务。陶光是西南联大中文系教员，教“大一国文”的作文。“大一国文”各系大一学生必修。联大的大一国文课有一些和别的大学不同的特点：一是课文的选择。《诗经》选了“关关雎鸠”，好像是照顾面子。《楚辞》选《九歌》，不选《离骚》，大概因为《离骚》太长了。《论语》选《子路、曾皙、冉有、公西华侍坐》。“莫春者，春服既成，冠者五六人，童子六七人，浴乎沂，风乎舞雩，咏而归”，这不仅是训练学生的文字表达能力，这种重个性、轻利禄、潇洒自如的人生态度，对于联大学生的思想素质的形成，有很大的关系，这段文章的影响是很深远的。联大学生为人处世不俗，夸大一点说，是因为读了这样的文章。这是真正的教育作用，也是选文的教授的用心所在。

魏晋不选庾信、鲍照，除了陶渊明，用相当多篇幅选了《世说新语》，这和选《子路、曾皙、冉有、公西华侍坐》，其用意有相通处。唐人文选柳宗元《永州八记》而舍韩愈。宋文突出地全录了李易安的《金石录后序》。这实在是一篇极好的文章。声情并茂。到现在为止，对李清照，她的词，她的这篇《金石录后序》还没有给予应有的重视，她在文学史上的位置还没有摆准，偏低了。这是不公平的。古人的作品也和今人的作品一样，其遭际有幸有不幸，说不清是什么缘故。白话文部分的特点就更鲜明了。鲁迅当然是要选的，哪一派也得承认鲁迅，但选的不是《阿 Q 正传》而是《示众》，可谓独具只眼。选了林徽因的《窗子以外》、丁西林的《一只马蜂》（也许是《压迫》）。林徽因的小说进入大学国文课本，不但当时有人议论纷纷，直到今天，接近二十一世纪了，恐怕仍为一些铁杆“左”派（也可称之为“左霸”，现在不是什么最好的东西都称为“霸”吗）所反对，所不容。但我却从这一篇小说知道小说有这种写法，知道什么是“意识流”，扩大了我的文学视野。“大一国文”课的另一个特点是教课文和教作文的是两个人。教课文的是教授、副教授，教作文的是讲师、教员、助教。为什么要这样分开，我至今不知道是什么道理。我的作文课是陶重华先生教的。他当时大概是教员。

陶光（我们背后都称之为陶光，没有人叫他陶重华），面白皙，风神朗朗。他有一个特别的地方，是同时穿两件长衫。里面是一件咖啡色的夹袍，外面是一件罩衫，银灰色。都是细毛料的。于此可见他的生活一直不很拮据——当时教员、助教大都穿布长衫，有家累的更是衣履敝旧。他走进教室，脱下外衣，搭在椅背上，就把作文分发给学生，摘其佳处，很“投入”地（那时还没有这个词）评讲起来。

陶光的曲子唱得很好。他是唱冠生的，在清华大学时曾受红豆馆主（傅侗）亲授。他嗓子好，宽、圆、亮、足，有力度。他常唱的是“三醉”“迎像”“哭像”，唱得苍苍莽莽，淋漓尽致。

不知道为什么，我觉得陶光在气质上有点感伤主义。

有一个女同学交了一篇作文，写的是下雨天，一个人在弹三弦。有几句，不知道这位女同学的原文是怎样的，经陶先生润改后成了这样：

“那湿冷的声音，湿冷了我的心。”这两句未见得怎么好，只是“湿冷了”以形容词作动词用，在当时是颇为新鲜的。我一直不忘这件事。我认为这其实是陶光的感觉，并且由此觉得他有点感伤主义。

说陶光是寂寞的，常有孤独感，当非误识。他的朋友不多，很少像某些教员、助教常到有权势的教授家走动问候，也没有哪个教授特别赏识他，只有一个刘文典（叔雅）和他关系不错。刘叔雅目空一切，谁也看不起。他抽鸦片，又嗜食宣威火腿，被称为“二云居士”——云土、云腿。他教《文选》，一个学期只讲了多半篇木玄虚的《海赋》，他倒认为陶光很有才。他的《〈淮南子〉校注》是陶光编辑的，扉页的“淮南子校注”也是陶光题署的。从扉页题署，我才知道陶光的字写得很好。

他是写二王的，临《圣教序》功力甚深。他曾把张充和送他的一本影印的《圣教序》给我看，字帖的缺字处有张充和题的字：

以此赠别　充和。

陶光对张充和是倾慕的，但张充和似只把陶光看作一般的朋友，并不特别垂青。

陶光不大为人写字，书名不着。我曾看到他为一个女同学写的小条幅，字较寸楷稍大，写在冷金笺上，气韵流转，无一败笔。写的是唐人诗：

故园东望路漫漫，

双袖龙钟泪不干。

马上相逢无纸笔，

凭君传语报平安。

这条字反映了陶光的心情。“炮仗响了”（日本投降那天，昆明到处放鞭炮，云南把这天叫作“炮仗响”的那天）后，联大三校准备北返，三校人事也基本定了，清华、北大都没有聘陶光，他只好滞留昆明。后不久，受聘云大，对“洛阳亲友”，只能“凭君传语”了。

我们回北平，听到一点陶光的消息。经刘文典撮合，他和一个唱滇戏的演员结了婚。

后来听说和滇剧女演员离婚了。

又听说他到台湾教书了。悒郁潦倒，竟至客死台北街头。遗诗一卷，嘱人转交张充和。

正晚上拍着曲子，从窗外飞进一只奇怪的昆虫，不像是动物，像植物，体细长，约有三寸，完全像一截青翠的竹枝。大家觉得很稀罕，吴征镒捏在手里看了看，说这是竹节虫。吴征镒是读生物系的，故能认识这只怪虫，但他并不研究昆虫，竹节虫在他只是常识而已，他钻研的是植物学，特别是植物分类学。他记性极好，“文化大革命”时被关在牛棚里，一个看守他的学生给了他一个小笔记本、一支铅笔，他竟能在一个小笔记本上完成一部著作，天头地脚满满地写了蠓虫大的字，有些资料不在手边，他凭记忆引用。出牛棚后，找出资料核对，基本准确；他是学自然科学的，但对文学很有兴趣，写了好些何其芳体的诗，厚厚的一册。他很早就会唱昆曲——吴家是扬州文史世家。唱老生。他身体好，中气足，能把《弹词》的“九转货郎儿”一气唱到底，这在专业的演员都办不到——戏曲演员有个说法：“男怕弹词。”他常唱的还有《疯僧扫秦》。

每次做“同期”（唱昆爱好者约期集会唱曲，叫作同期）必到的是崔芝兰先生。她是联大为数不多的女教授之一，多年来研究蝌蚪的尾巴，运动中因此被斗，资料标本均被毁尽。崔先生几乎每次都唱《西楼记》。女教授，举止自然很端重，但是唱起曲子来却很“嗲”。

崔先生的丈夫张先生也是教授，每次都陪崔先生一起来。张先生不唱，只是端坐着听，听得很入神。

除了联大、云大师生，还有一些外来的客人来参加同期。

有一个女士大概是某个学院的教授的或某个高级职员的夫人。她身材匀称，小小巧巧，穿浅色旗袍，眼睛很大，眉毛的弧线异常清楚，神气有点天真，不作态，整个脸明明朗朗。我给她起了个外号：“简单明了”，朱德熙说：“很准确。”她一定还要操持家务，照料孩子，但只要接到同期通知，就一定放下这些，欣然而来。

有一位先生，大概是襄理一级的职员，我们叫他“聋山门”。他是唱大花面的，而且总是唱《山门》，他是个聋子——并不是板聋，只是耳音不准，总是跑调。真也亏给他擫笛的张宗和先生，能随着他高低上下来回跑。聋子不知道他跑调，还是气势磅礴地高唱：

树木槎枒，峰峦如画，堪潇洒，喂呀，闷煞洒家，烦恼天来大！

给大家吹笛子的是张宗和，几乎所有人唱的时候笛子都由他包了。他笛风圆满，唱起来很舒服。夫人孙凤竹也善唱曲，常唱的是《折柳·阳关》，唱得很婉转。“教他关河到处休离剑，驿路逢人数寄书”，闻之使人欲涕。她身弱多病，不常唱。张宗和温文尔雅，孙凤竹风致楚楚，有时在晚翠园（他们就住在晚翠园一角）并肩散步，让人想起“拣名门一例一例里神仙眷”（《惊梦》）。他们有一个女儿，美得像一块玉。张宗和后调往贵州大学，教中国通史。孙凤竹死于病。不久，听说宗和也在贵阳病殁。

有一个人，没有跟我们一起拍过曲子，也没有参加过同期，但是她的唱法却在曲社中产生很大的影响，张充和。她那时好像不在昆明。

张家姊妹都会唱曲。大姐因为爱唱曲，嫁给了昆曲传习所的顾传玠。张家是合肥望族，大小姐却和一个昆曲演员结了婚，门不当，户不对，张家在儿女婚姻问题上可真算是自由解放，突破了常规。二姐是个无事忙，她不大唱，只是对张罗办曲会之类的事非常热心。三姐兆和即我的师母，沈从文先生的夫人。她不太爱唱，但我却听过她唱《扫花》，是由我给她吹的笛子。

四妹充和小时没有进过学校，只是在家里延师教诗词，拍曲子。她考北大，数学是零分，国文是一百分，北大还是录取了她。她在北大很活跃，爱戴一顶红帽子，北大学生都叫她“小红帽”。

她能戏很多，唱得非常讲究，运字行腔，精微细致，真是“水磨腔”。我们唱的《思凡》《学堂》《瑶台》，都是用的她的唱法（她灌过几张唱片）。她唱的《受吐》，娇慵醉媚，若不胜情，难可比拟。

张充和兼善书法，结体用笔似晋朝人。

许宝騄先生是数论专家。但是曲子唱得很好。许家是昆曲大家，会唱曲子的人很多。俞平伯先生的夫人许宝驯就是许先生的姐姐。许先生听过我唱的一支曲子，跟我们的系主任罗常培（莘田）说，他想教我一出《刺虎》。罗先生告诉了我，我自然是愿意的，但稍感意外。我不知道许先生会唱曲子，更没想到他为什么主动提出要教我一出戏。我按时去了，没有说多少话，就拍起曲子来：

银台上晃晃的风烛炫，金猊内袅袅的香烟喷……

许先生的曲子唱得很大方，《刺虎》完全是正旦唱法。他的“擞”特别好，摇曳生姿而又清清楚楚。

许茹香是每次同期必到的。他在昆明航空公司供职，是经理查阜西的秘书。查先生有时也来参加同期，他不唱曲子，是来试吹他所创制的十二平均律的无缝钢管的笛子的（查先生是“国民政府”的官员，但是雅善音乐，除了研究曲律，还搜集琴谱，一九四九年后曾任中国音协副主席）。许茹香，同期的日子他是不会记错的，因为同期的帖子是他用欧底赵面的馆阁体小楷亲笔书写的。许茹香是个戏篓子，什么戏都会唱，包括《花判》（《牡丹亭》）这样的专业演员都不会的戏。他上了岁数，吹笛子气不够，就带了一支“老人笛”，吹着玩玩。

这是一个非常有趣的老人。他做过很多事，走过很多地方，会说好几种地方的话。有一次说了一个小笑话。有四个人，苏州人、绍兴人、宁波人、扬州人，一同到一个庙里，看到四大金刚，苏州人、绍兴人、宁波人各人说了几句话，都有地方特点。轮到扬州人，扬州人赋诗一首：

四大金刚不出奇，

里头是草外头是泥。

你不要夸你个子大，

你敢跟我洗澡去！

扬州人好洗澡。早上皮包水，晚上水包皮。“去”读“ki”，正是扬州口音。

同期只供茶水。偶在拍曲后亦作小聚。大馆子吃不起，只能吃花不了多少钱的小馆。是“打平伙”——北京人谓之“吃公墩”，各人自己出钱。翠湖西路有一家北京人开的小馆，卖馅儿饼、大米粥，我们去吃了几次。吃完了结账，掌柜的还在低头扒算盘，许宝騄先生已经把钱敛齐了交到柜上。掌柜的诧异：怎么算得那么快？他不知道算账的是一位数论专家，这点小九九还在话下吗？

参加同期、曲会的，多半生活清贫，然而在百物飞腾、人心浮躁之际，他们还能平平静静地做学问，并能在高吟浅唱、曲声笛韵中自得其乐，对复兴民族大业不失信心，不颓唐，不沮丧，他们是浊世中的清流、旋涡中的砥柱。他们中不少人对文化、科学做出了很大的成绩。安贫乐道，恬淡冲和，是中国的知识分子优良的传统。这个传统应该得到继承，得到扶植发扬。

审如此，则曲社同期无可非议。晚翠园是可怀念的。

故乡的野菜

荠菜。荠菜是野菜，但在我的家乡却是可以上席的。我们那里，一般的酒席，开头都有八个凉碟，在客人入席前即已摆好。通常是火腿、变蛋（松花蛋）、风鸡、酱鸭、油爆虾（或呛虾）、蚶子（是从外面运来的，我们那里不产）、咸鸭蛋之类。若是春天，就会有两样应时凉拌小菜：杨花萝卜（北京的小水萝卜）切细丝拌海蜇和拌荠菜。荠菜焯过，碎切，和香干细丁同拌，加姜米，浇以麻油酱醋，或用虾米，或不用，均可。这道菜常抟成宝塔形，临吃推倒，拌匀。拌荠菜总是受欢迎的，吃个新鲜。凡野菜，都有一种园种的蔬菜所缺少的清香。

荠菜大都是凉拌，炒荠菜很少人吃。荠菜可包春卷，包圆子（汤团）。江南人用荠菜包馄饨，称为菜肉馄饨，亦称“大馄饨”。我们那里没有用荠菜包馄饨的。我们那里的面店中所卖的馄饨都是纯肉馅的，即江南所说的“小馄饨”。没有“大馄饨”。我在北京的一家有名的家庭餐馆吃过这一家的一道名菜：翡翠蛋羹。一个汤碗里一边是蛋羹，一边是荠菜，一边嫩黄，一边碧绿，绝不混淆，吃时搅在一起。这种讲究的吃法，我们家乡没有。

枸杞头。春天的早晨，尤其是下了一场小雨之后，就可听到叫卖枸杞头的声音。卖枸杞头的多是附郭近村的女孩子，声音很脆，极能传远：“卖枸杞头唻！”枸杞头放在一个竹篮子里，一种长圆形的竹篮，叫作元宝篮子。枸杞头带着雨水，女孩子的声音也带着雨水。枸杞头不值什么钱，也从不用秤约，给几个钱，她们就能把整篮子倒给你。女孩子也不把这当作正经买卖，卖一点钱，够打一瓶梳头油就行了。

自己去摘，也不费事。一会儿工夫，就能摘一堆。枸杞到处都是。我的小学的操场原是祭天地的空地，叫作“天地坛”。

天地坛的四边围墙的墙根，长的都是这东西。枸杞夏天开小白花，秋天结很多小果子，即枸杞子，我们小时候叫它“狗奶子”，因为很像狗的奶子。

枸杞头也都是凉拌，清香似尤甚于荠菜。

蒌蒿。小说《大淖记事》：“春初水暖，沙洲上冒出很多紫红色的芦芽和灰绿色的蒌蒿，很快就是一片翠绿了。”我在书页下面加了一条注：“蒌蒿是生于水边的野草，粗如笔管，有节，生狭长的小叶，初生二寸来高，叫作‘蒌蒿薹子’，加肉炒食极清香……”蒌蒿，字典上都注“蒌”音楼，蒿之一种，即白蒿。我以为蒌蒿不是蒿之一种，蒌蒿掐断，没有那种蒿子气，倒是有一种水草气。苏东坡诗：“蒌蒿满地芦芽短”，以蒌蒿与芦芽并举，证明是水边的植物，就是我的家乡所说“蒌蒿薹子”。“蒌”字我的家乡不读楼，读吕。蒌蒿好像都是和瘦猪肉同炒，素炒好像没有。我小时候非常爱吃炒蒌蒿薹子。桌上有一盘炒蒌蒿薹子，我就非常兴奋，胃口大开。蒌蒿薹子除了清香，还有就是很脆，嚼之有声。

荠菜、枸杞我在外地偶尔吃过，蒌蒿薹子自十九岁离乡后从未吃过，非常想念。去年我的家乡有人开了汽车到北京来办事，我的弟妹托他们带了一塑料袋蒌蒿薹子来，因为路上耽搁，到北京时已经焐坏了。我挑了一些还来不及烂的，炒了一盘，还有那么一点意思。

马齿苋。中国古代吃马齿苋是很普遍的，马齿苋与人苋（红白苋菜）并提。后来不知怎么吃的人少了。我的祖母每年夏天都要摘一些马齿苋，晾干了，过年包包子。我的家乡普通人家平常是不包包子的，只有过年才包，自己家里人吃，有客人来蒸一盘待客。不是家里人包的。一般的家庭妇女不会包，都是备了面、馅，请包子店里的师傅到家里做，做一上午，就够正月里吃了。我的祖母吃长斋，她的马齿苋包子只有她自己吃。我尝过一个，马齿苋有点酸酸的味道。不难吃，也不好吃。

马齿苋南北皆有。我在北京的甘家口住过，离玉渊潭很近。玉渊潭马齿苋极多。北京人叫作马苋儿菜，吃的人很少。养鸟的拔了喂画眉。据说画眉吃了能清火。画眉还会有“火”吗？

莼菜。第一次喝莼菜汤是在杭州西湖的楼外楼，一九四八年四月。这以前我没有吃过莼菜，也没有见过。我的家乡人大都不知莼菜为何物。但是秦少游有《以莼姜法鱼糟蟹寄子瞻》

诗，则高邮原来是有莼菜的。诗最后一句是“泽居备礼无麋鹿”，秦少游当时盖在高邮居住，送给苏东坡的是高邮的土产。高邮现在还有没有莼菜，什么时候回高邮，我得调查调查。

明朝的时候，我的家乡出过一个散曲作家王磐。王磐，字鸿渐，号西楼，散曲作品有《王西楼乐府》。王磐当时名声很大，与散曲大家陈大声并称为“南曲之冠”。王西楼还是画家。高邮现在还有一句歇后语：“王西楼嫁女儿——画（话）多银子少。”王西楼有一本有点特别的著作：《野菜谱》。《野菜谱》收野菜五十二种。五十二种中有些我是认识的，如白鼓钉（蒲公英）、蒲儿根、马兰头、青蒿儿（茵陈蒿）、枸杞头、野绿豆、蒌蒿、荠菜儿、马齿苋、灰条。江南人重马兰头。小时读周作人的《故乡的野菜》，提到儿歌：“荠菜马兰头，姐姐嫁在后门头”，很是向往，但是我的家乡是不大有人吃的。灰条的“条”字，正字应是“藋”，通称灰菜。这东西我的家乡不吃。我第一次吃灰菜是在一个山东同学的家里，蘸了稀面，蒸熟，就烂蒜，别具滋味。后来在昆明黄土坡一中学教书，学校发不出薪水，我们时常断炊，就掳了灰菜来炒了吃。在北京我也摘过灰菜炒食。有一次发现钓鱼台国宾馆的墙外长了很多灰菜，极肥嫩，就弯下腰来摘了好些，装在书包里。门卫发现，走过来问："你干什么？"他大概以为我在埋定时炸弹。我把书包里的灰菜抓出来给他看，他没有再说什么，走开了。灰菜有点碱味，我很喜欢这种味道。王西楼《野菜谱》中有一些，我不但没有吃过、见过，连听都没听说过，如："燕子不来香""油灼灼"……

《野菜谱》上图下文。图画的是这种野菜的样子，文则简单地说这种野菜的生长季节，吃法。文后皆系以一诗，一首近似谣曲的小乐府，都是借题发挥，以野菜名起兴，写人民疾苦。如：

眼子菜

眼子菜，如张目，年年盼春怀布谷，犹向秋来望时熟。何事频年倦不开，愁看四野波漂屋。

猫耳朵

猫耳朵，听我歌，今年水患伤田禾，仓廪空虚鼠弃窝，猫兮猫兮将奈何！

江荠

江荠青青江水绿，江边挑菜女儿哭。爷娘新死兄趁熟，止存我与妹看屋。

抱娘蒿

抱娘蒿，结根牢，解不散，如漆胶。君不见昨朝儿卖客船上，儿抱娘哭不肯放。

这些诗的感情都很真挚，读之令人酸鼻。我的家乡本是个穷地方，灾荒很多，主要是水灾，家破人亡，卖儿卖女的事是常有的。我小时就见过。现在水利大有改进，去年那样的特大洪水，也没死一个人，王西楼所写的悲惨景象不复存在了。想到这一点，我为我的家乡感到欣慰。过去，我的家乡人吃野菜主要是为了度荒，现在吃野菜则是为了尝新了。哦，我的家乡的野菜！

第二章

故人情事

沈从文先生在西南联大

沈先生在联大开过三门课：各体文习作、创作实习和中国小说史。三门课我都选了——各体文习作是中文系二年级必修课，其余两门是选修课，西南联大的课程分必修与选修两种。中文系的语言学概论、文字学概论、文学史（分段）……是必修课，其余大都是任凭学生自选。诗经、楚辞、庄子、昭明文选、唐诗、宋诗、词选、散曲、杂剧与传奇……选什么，选哪位教授的课都成。但要凑够一定的学分（这叫“学分制”）。一学期我只选两门课，那不行。自由，也不能自由到这种地步。

创作能不能教？这是一个世界性的争论问题。很多人认为创作不能教。我们当时的系主任罗常培先生就说过：大学是不培养作家的，作家是社会培养的。这话有道理。沈先生自己就没有上过什么大学。他教的学生后来成为作家的，也极少。但是也不是绝对不能教。沈先生的学生现在能算是作家的，也还有那么几个。问题是由什么样的人来教、用什么方法教。现在的大学里很少开创作课，原因是找不到合适的人来教。偶尔有大学开这门课的，收效甚微，原因是教得不甚得法。

教创作靠“讲”不成。如果在课堂上讲鲁迅先生所讥笑的“小说作法”之类，讲如何作人物肖像，如何描写环境，如何结构，结构有几种——攒珠式的、橘瓣式的……那是要误人子弟的。教创作主要是让学生自己“写”。沈先生把他的课叫作“习作”“实习”很能说明问题。如果要讲，那“讲”要在“写”之后。就学生的作业，讲他的得失。教授先讲一套，放学生照猫画虎，那是行不通的。

沈先生是不赞成命题作文的，学生想写什么就写什么。但有时在课堂上也出两个题目。沈先生出的题目都非常具体。我记得他曾给我的上一班同学出过一个题目：“我们的小庭院有什么”，有几个同学就这个题目写了相当不错的散文，都发表了。他给比我低一班的同学曾出过一个题目："记一间屋子里的空气"。我的那一班出过些什么题目，我倒不记得了。沈先生为什么出这样的题目？他认为：先得学会车零件，然后才能学组装。我觉得先作一些这样的片段的习作，是有好处的，这可以锻炼基本功。现在有些青年文学爱好者，往往一上来就写大作品，篇幅很长，而功力不够，原因就在零件车得少了。

沈先生的讲课，可以说是毫无系统。前已说过，他大都是看了学生的作业，就这些作业讲一些问题。他是经过一番思考的，但并不去翻阅很多参考书。沈先生读很多书，但从不引经据典，他总是凭自己的直觉说话，从来不说亚里士多德怎么说、福楼拜怎么说、托尔斯泰怎么说、高尔基怎么说。他的湘西口音很重，声音又低，有些学生听了一堂课，往往觉得不知道听了一些什么。沈先生的讲课是非常谦抑、非常自制的。他不用手势，没有任何舞台道白式的腔调，没有一点哗众取宠的江湖气。他讲得很诚恳，甚至很天真。但是你要是真正听"懂"了他的话——听"懂"了他的话里并未发挥罄尽的余意，你是会受益匪浅，而且会终生受用的。听沈先生的课，要像孔子的学生听孔子讲话一样："举一隅而三隅反"。

沈先生讲课时所说的话我几乎全都忘了（我这人从来不记笔记）！我们有一个同学把闻一多先生讲唐诗课的笔记记得极详细，现已整理出版，书名就叫《闻一多论唐诗》，很有学术价值，就是不知道他把闻先生讲唐诗时的“神气”记下来了没有。我如果把沈先生讲课时的精辟见解记下来，也可以成为一本《沈从文论创作》。可惜我不是这样的有心人。

沈先生关于我的习作讲过的话我只记得一点了，是关于人物对话的。我写了一篇小说（内容早已忘记干净），有许多对话。我竭力把对话写得美一点，有诗意，有哲理。沈先生说：“你这不是对话，是两个聪明脑壳打架！”从此我知道对话就是人物所说的普普通通的话，要尽量写得朴素。不要哲理，不要诗意。这样才真实。

沈先生经常说的一句话是：“要贴到人物来写。”很多同学不懂他的这句话是什么意思。我以为这是小说学的精髓。据我的理解，沈先生这句极其简略的话包含这样几层意思：小说里，人物是主要的、主导的；其余部分都是派生的、次要的。环境描写、作者的主观抒情、议论，都只能附着于人物，不能和人物游离，作者要和人物同呼吸、共哀乐。作者的心要随时紧贴着人物。什么时候作者的心“贴”不住人物，笔下就会浮、泛、飘、滑，花里胡哨，故弄玄虚，失去了诚意。而且，作者的叙述语言要和人物相协调。写农民，叙述语言要接近农民；写市民，叙述语言要近似市民。小说要避免“学生腔”。

我以为沈先生这些话是浸透了淳朴的现实主义精神的。

沈先生教写作，写的比说的多，他常常在学生的作业后面写很长的读后感，有时会比原作还长。这些读后感有时评析本文得失，也有时从这篇习作说开去，谈及有关创作的问题，见解精到，文笔讲究。一个作家应该不论写什么都写得讲究。这些读后感也都没有保存下来，否则是会比《废邮存底》还有看头的。可惜！

沈先生教创作还有一种方法，我以为是行之有效的，学生写了一个作品，他除了写很长的读后感之外，还会介绍你看一些与你这个作品写法相近的中外名家的作品。记得我写过一篇不成熟的小说《灯下》，记一个店铺里上灯以后各色人的活动，无主要人物、主要情节，散散漫漫。沈先生就介绍我看了几篇这样的作品，包括他自己写的《腐烂》。学生看看别人是怎样写的，自己是怎样写的，对比借鉴，是会有长进的。这些书都是沈先生找来，带给学生的。因此他每次上课，走进教室时总要夹着一大摞书。

沈先生就是这样教创作的。我不知道还有没有别的更好的方法教创作。我希望现在的大学里教创作的老师能用沈先生的方法试一试。

学生习作写得较好的，沈先生就做主寄到相熟的报刊上发表。这对学生是很大的鼓励。多年以来，沈先生就干着给别人的作品找地方发表这种事。经他的手介绍出去的稿子，可以说是不计其数了。我在一九四六年前写的作品，几乎全都是沈先生寄出去的。他这辈子为别人寄稿子用去的邮费也是一个相当可观的数目了。为了防止超重太多，节省邮费，他大都把原稿的纸边裁去，只剩下纸芯。这当然不大好看。但是抗战时期，百物昂贵，不能不打这点小算盘。

沈先生教书，但愿学生省点事，不怕自己麻烦。他讲中国小说史，有些资料不易找到，他就自己抄，用夺金标毛笔，筷子头大的小行书抄在云南竹纸上。这种竹纸高一尺、长四尺，并不裁断，抄得了，卷成一卷。上课时分发给学生。他上创作课夹了一摞书，上小说史时就夹了好些纸卷。沈先生做事，都是这样，一切自己动手，细心耐烦。他自己说他这种方式是“手工业方式”。他写了那么多作品，后来又写了很多大部头关于文物的著作，都是用这种手工业方式搞出来的。

沈先生对学生的影响，课外比课堂上要大得多。他后来为了躲避日本飞机空袭，全家移住到呈贡桃园，每星期上课，进城住两天。文林街二十号联大教职员宿舍有他一间屋子，他一进城，宿舍里几乎从早到晚都有客人。客人多半是同事和学生，客人来，大都是来借书、求字，看沈先生收到的宝贝，谈天。沈先生有很多书，但他不是“藏书家”，他的书，除了自己看，就是借给别人看。联大文学院的同学，多数手里都有一两本沈先生的书，扉页上用淡墨签了“上官碧”的名字。谁借了什么书，什么时候借的，沈先生是从来不记得的。直到联大“复员”，有些同学的行装里还带着沈先生的书，这些书也就随之而漂流到四面八方了。沈先生书多，而且很杂，除了一般的四部书、中国现代文学、外国文学的译本，社会学、人类学、黑格尔的《小逻辑》、弗洛伊德、亨利·詹姆斯、道教史、陶瓷史、《髹饰录》《糖霜谱》……兼收并蓄，五花八门。这些书，沈先生大都认真读过。沈先生称自己的学问为“杂知识”。一个作家读书，是应该杂一点的。沈先生读过的书，往往在书后写两行题记。有的是记一个日期，那天天气如何，也有时发一点感慨。有一本书的后面写道："某月某日，见一大胖女人从桥上过，心中十分难过。"这两句话我一直记得，可是一直不知道是什么意思。大胖女人为什么使沈先生十分难过呢？

沈先生对打扑克简直是痛恨。他认为这样消耗时间，是不可原谅的。他曾随几位作家到井冈山住了几天。这几位作家成天在宾馆里打扑克，沈先生说起来就很气愤："在这种地方，打扑克！"沈先生小小年纪就学会掷骰子，各种赌术他也都明白，但他后来不玩这些。沈先生的娱乐，除了看看电影，就是写字。他写章草，笔稍偃侧，起笔不用隶法，收笔稍尖，自成一格。他喜欢写窄长的直幅，纸长四尺，阔只三寸。他写字不择纸笔，常用糊窗的高丽纸。他说："我的字值三分钱！"从前要求他写字的，他几乎有求必应。近年有病，不能握管，沈先生的字变得很珍贵了。

沈先生后来不写小说，搞文物研究了，国外、国内，很多人都觉得很奇怪。熟悉沈先生的历史的人，觉得并不奇怪。沈先生年轻时就对文物有极其浓厚的兴趣。他对陶瓷的研究甚深，后来又对丝绸、刺绣、木雕、漆器……都有广博的知识。沈先生研究的文物基本上是手工艺制品。他从这些工艺品看到的是劳动者的创造性。他为这些优美的造型、不可思议的色彩、神奇精巧的技艺发出的惊叹，是对人的惊叹。他热爱的不是物，而是人，他对一件工艺品的孩子气的天真激情，使人感动。我曾戏称他搞的文物研究是“抒情考古学”。他八十岁生日，我曾写过一首诗送给他，中有一联：“玩物从来非丧志，著书老去为抒情。”是纪实。他有一阵在昆明收集了很多耿马漆盒。这种黑红两色刮花的圆形缅漆盒，昆明多的是，而且很便宜。沈先生一进城就到处逛地摊，选买这种漆盒。他屋里装甜食点心、装文具邮票……的，都是这种盒子。有一次买得一个直径一尺五寸的大漆盒，一再抚摩，说：“这可以做一期《红黑》杂志的封面！”他买到的缅漆盒，除了自用，大多数都送人了。有一回，他不知从哪里弄到很多土家族的挑花布，摆得一屋子，这间宿舍成了一个展览室。来看的人很多，沈先生于是很快乐。这些挑花图案天真稚气而秀雅生动，确实很美。

沈先生不长于讲课，而善于谈天。谈天的范围很广，时局、物价……谈得较多的是风景和人物。他几次谈及玉龙雪山的杜鹃花有多大，某处高山绝顶上有一户人家——就是这样一户！他谈某一位老先生养了二十只猫。谈一位研究东方哲学的先生跑警报时带了一只小皮箱，皮箱里没有金银财宝，装的是一个聪明女人写给他的信。谈徐志摩上课时带了一个很大的烟台苹果，一边吃，一边讲，还说："中国东西并不都比外国的差，烟台苹果就很好！"谈梁思成在一座塔上测绘内部结构，差一点从塔上掉下去。谈林徽因发着高烧，还躺在客厅里和客人谈文艺。他谈得最多的大概是金岳霖。金先生终身未娶，长期独身。他养了一只大斗鸡。这鸡能把脖子伸到桌上来，和金先生一起吃饭。他到处搜罗大石榴、大梨。买到大的，就拿去和同事的孩子比，比输了，就把大梨、大石榴送给小朋友，他再去买！……沈先生谈及的这些人有共同特点：一是都对工作、对学问热爱到了痴迷的程度；二是为人天真到像一个孩子，对生活充满兴趣，不管在什么环境下永远不消沉沮丧，无机心、少俗虑。这些人的气质也正是沈先生的气质。"闻多素心人，乐与数晨夕"，沈先生谈及熟朋友时总是很有感情的。

文林街文林堂旁边有一条小巷，大概叫作金鸡巷，巷里的小院中有一座小楼。楼上住着联大的同学：王树藏、陈蕴珍（萧珊）、施载宣（萧荻）、刘北汜。当中有个小客厅。这小客厅常有熟同学来喝茶聊天，成了一个小小的沙龙。沈先生常来坐坐。有时还把他的朋友也拉来和大家谈谈。老舍先生从重庆过昆明时，沈先生曾拉他来谈过“小说和戏剧”。金岳霖先生也来过，谈的题目是“小说和哲学”。金先生是搞哲学的，主要是搞逻辑的，但是读很多小说，从普鲁斯特到《江湖奇侠传》。“小说和哲学”这题目是沈先生给他出的。不料金先生讲了半天，结论却是：小说和哲学没有关系。他说《红楼梦》里的哲学也不是哲学。他谈到兴浓处，忽然停下来，说：“对不起，我这里有个小动物！”说着把右手从后脖领伸进去，捉出了一只跳蚤，甚为得意。我们问金先生为什么搞逻辑，金先生说：“我觉得它很好玩！”

沈先生在生活上极不讲究。他进城没有正经吃过饭，大都是在文林街二十号对面一家小米线铺吃一碗米线。有时加一个西红柿，打一个鸡蛋。有一次我和他上街闲逛，到玉溪街，他在一个米线摊上要了一盘凉鸡，还到附近茶馆里借了一个盖碗，打了一碗酒。他用盖碗盖子喝了一点，其余的都叫我一个人喝了。

沈先生在西南联大是一九三八年到一九四六年。一晃，四十多年了！

老舍先生

北京东城乃兹府丰富胡同有一座小院。走进这座小院，就觉得特别安静，异常豁亮。这院子似乎经常布满阳光。院里有两棵不大的柿子树（现在大概已经很大了），到处是花，院里、廊下、屋里，摆得满满的。按季更换，都长得很精神、很滋润，叶子很绿，花开得很旺。这些花都是老舍先生和夫人胡絜青亲自莳弄的。天气晴和，他们把这些花一盆一盆抬到院子里，一身热汗。刮风下雨，又一盆一盆抬进屋，又是一身热汗。老舍先生曾说："花在人养。"老舍先生爱花，真是到了爱花成性的地步，不是可有可无的了。汤显祖曾说他的词曲"俊得江山助”。老舍先生的文章也可以说是“俊得花枝助”。叶浅予曾用白描为老舍先生画像，四面都是花，老舍先生坐在百花丛中的藤椅里，微仰着头，意态悠远。这张画不是写实，意思恰好。

客人被让进了北屋当中的客厅，老舍先生就从西边的一间屋子走出来。这是老舍先生的书房兼卧室。里面陈设很简单，一桌、一椅、一榻。老舍先生腰不好，习惯睡硬床。老舍先生是文雅的、彬彬有礼的。他的握手是轻轻的，但是很亲切。茶已经沏出色了，老舍先生执壶为客人倒茶。据我的印象，老舍先生总是自己给客人倒茶。

老舍先生爱喝茶，喝得很勤，而且很酽。他曾告诉我，到莫斯科去开会，旅馆里倒是为他特备了一只暖壶。可是他沏了茶，刚喝了几口，一转眼，服务员就给倒了。“他们不知道，中国人是一天到晚喝茶的！”

有时候，老舍先生正在工作，请客人稍候，你也不会觉得闷得慌。你可以看看花。如果是夏天，就可以闻到一阵一阵香白杏的甜香味儿。一大盘香白杏放在条案上，那是专门为了闻香而摆设的。你还可以站起来看看西壁上挂的画。

老舍先生藏画甚富，大都是精品。所藏齐白石的画可谓“绝品”。壁上所挂的画是时常更换的。挂的时间较久的，是白石老人应老舍点题而画的四幅屏。其中一幅是很多人在文章里提到过的“蛙声十里出山泉”。“蛙声”如何画？白石老人只画了一脉活泼的流泉，两旁是乌黑的石崖，画的下端画了几只摆尾的蝌蚪。画刚刚裱起来时，我上老舍先生家去，老舍先生对白石老人的设想赞叹不止。

老舍先生极其爱重齐白石，谈起来时总是充满感情。我所知道的一点白石老人的逸事，大都是从老舍先生那里听来的。老舍先生谈这四幅里原来点的题有一句是苏曼殊的诗（是哪一句我忘记了），要求画卷心的芭蕉。老人踌躇了很久，终于没有应命，因为他想不起芭蕉的心是左旋还是右旋的了，不能胡画。老舍先生说：“老人是认真的。”老舍先生谈起过，有一次要拍齐白石的画的电影，想要他拿出几张得意的画来，老人说：“没有！”后来由他的学生再三说服动员，他才从画案的隙缝中取出一卷（他是木匠出身，他的画案有他自制的“消息”），外面裹着好几层报纸，写着四个大字：“此是废纸”。打开一看，都是惊人的杰作——就是后来纪录片里所拍摄的。白石老人家里人口很多，每天煮饭的米都是老人亲自量，用一个香烟罐头。“一下、两下、三下……行了！”“再添一点，再添一点！”“吃那么多呀！”有人曾提出把老人接出来住，这么大岁数了，不要再操心这样的家庭琐事了。老舍先生知道了，给拦了，说：“别！他这么着惯了。不叫他干这些，他就活不成了。”老舍先生的意见表现了他对人的理解，对一个人生活习惯的尊重，同时也表现了对白石老人真正的关怀。

老舍先生很好客，每天下午，来访的客人不断。作家，画家，戏曲、曲艺演员……老舍先生都是以礼相待，谈得很投机。

每年，老舍先生要把市文联的同人约到家里聚两次。一次是菊花开的时候，赏菊。一次是他的生日——我记得是腊月二十三。酒菜丰盛，而有特点。酒是“敞开供应”，汾酒、竹叶青、伏特加，愿意喝什么喝什么，能喝多少喝多少。有一次他很郑重地拿出一瓶葡萄酒，说是毛主席送来的，让大家都喝一点。菜是老舍先生亲自掂配的。老舍先生有意叫大家尝尝地道的北京风味。我记得有次有一瓷钵芝麻酱炖黄花鱼。这道菜我从未吃过，以后也再没有吃过。老舍家的芥末墩是我吃过的最好的芥末墩！有一年，他特意订了两大盒“盒子菜”。直径三尺许的朱红扁圆漆盒，里面分开若干格，装的不过是火腿、腊鸭、小肚、口条之类的切片，但都很精致。熬白菜端上来了，老舍先生举起筷子："来来来！这才是真正的好东西！"

老舍先生对他下面的干部很了解，也很爱护。当时市文联的干部不多，老舍先生对每个人都相当清楚。他不看干部的档案，也从不找人"个别谈话"，只是从平常的谈吐中就了解一个人的水平和才气，那是比看档案要准确得多的。老舍先生爱才，对有才华的青年，常常在各种场合称道，"平生不解藏人善，到处逢人说项斯"。而且所用的语言在有些人听起来是有点过甚其词、不留余地的。老舍先生不是那种惯说模棱两可、含糊其词、温吞水一样的官话的人。我在市文联几年，始终感到领导我们的是一位作家。他和我们的关系是前辈与后辈的关系，不是上下级关系。老舍先生这样"作家领导"的作风在市文联留下很好的影响，大家都平等相处，开诚布公，说话很少顾虑，都有点书生气、书卷气。他的这种领导风格，正是我们今天很多文化单位的领导所缺少的。

老舍先生是市文联的主席，自然也要处理一些"公务"，看文件、开会、作报告（也是由别人起草的）……但是作为一个北京市的文化工作的负责人，他常常想着一些别人没有想到或想不到的问题。

一九四九年前北京有一些盲艺人，他们沿街卖艺，有的还兼带算命，生活很苦。他们的“玩意儿”和睁眼的艺人不全一样。老舍先生和一些盲艺人熟识，提议把这些盲艺人组织起来，使他们的生活有出路，别让他们的“玩意儿”绝了。为了引起各方面的重视，他把盲艺人请到市文联演唱了一次。老舍先生亲自主持，做了介绍，还特烦两位老艺人翟少平、王秀卿唱了一段《当皮箱》。这是一个喜剧性的牌子曲，里面有一个人物是当铺的掌柜，说山西话；有一个牌子叫“鹦哥调”，句尾和声用喉舌发出有点像母猪拱食的声音，很特别，很逗。这个段子和这个牌子，是睁眼艺人没有的。老舍先生那天显得很兴奋。

北京有一座智化寺，寺里的和尚做法事和别的庙里的不一样，演奏音乐。他们演奏的乐调不同凡响，很古。所用乐谱别人不能识，记谱的符号不是工尺，而是一些奇奇怪怪的笔道。乐器倒也和现在常见的差不多，但主要的乐器却是管。据说这是唐代的“燕乐”。一九四九年后，寺里的和尚多半已经各谋生计了，但还能集拢在一起。老舍先生把他们请来，演奏了一次。音乐界的同志对这堂活着的古乐都很感兴趣。老舍先生为此也感到很兴奋。

《当皮箱》和“燕乐”的下文如何，我就不知道了。

老舍先生是历届北京市人民代表。当人民代表就要替人民说话。以前人民代表大会的文件汇编是把代表提案都印出来的。有一年老舍先生的提案是：希望政府解决芝麻酱的供应问题。那一年北京芝麻酱缺货。老舍先生说：“北京人夏天离不开芝麻酱！”不久，北京的油盐店里有芝麻酱卖了，北京人又吃上了香喷喷的麻酱面。

老舍是属于全国人民的，首先是属于北京人的。

一九五四年，我调离北京市文联，以后就很少上老舍先生家里去了。听说他有时还提到我。

金岳霖先生

西南联大有许多很有趣的教授，金岳霖先生是其中的一位。金先生是我的老师沈从文先生的好朋友。沈先生当面和背后都称他为“老金”。大概时常来往的熟朋友都这样称呼他。

关于金先生的事，有一些是沈先生告诉我的。我在《沈从文先生在西南联大》一文中提到过金先生。有些事情在那篇文章里没有写进，觉得还应该写一写。

金先生的样子有点怪。他常年戴着一顶呢帽，进教室也不脱下。每一学年开始，给新的一班学生上课，他的第一句话总是：“我的眼睛有毛病，不能摘帽子，并不是对你们不尊重，请原谅。”他的眼睛有什么病，我不知道，只知道怕阳光。因此他的呢帽的前檐压得比较低，脑袋总是微微地仰着。他后来配了一副眼镜，这副眼镜一只镜片是白的，一只是黑的。这就更怪了。后来在美国讲学期间把眼睛治好了——好一些，眼镜也换了，但那微微仰着脑袋的姿态一直还没有改变。他身材相当高大，经常穿一件烟草黄色的麂皮夹克，天冷了就在里面围一条很长的驼色的羊绒围巾。联大的教授穿衣服是各色各样的。闻一多先生有一阵穿一件式样过时的灰色旧夹袍，是一个亲戚送给他的，领子很高，袖口极窄。联大有一次在龙云的长子、蒋介石的干儿子龙绳武家里开校友会——龙云的长媳是清华校友，闻先生在会上大骂“蒋介石，王八蛋！浑蛋”，那天穿的就是这件高领窄袖的旧夹袍。朱自清先生有一阵披着一件云南赶马人穿的蓝色毡子的“一口钟”。除了体育教员，教授里穿夹克的，好像只有金先生一个人。他的眼神即使是到美国治了后也还是不大好，走起路来有点深一脚浅一脚。他就这样穿着黄夹克，微仰着脑袋，深一脚浅一脚地在联大新校舍的一条土路上走着。

金先生教逻辑。逻辑是西南联大规定文学院一年级学生的必修课，班上学生很多，上课在大教室，坐得满满的。在中学里没有听说有逻辑这门学问，大一的学生对这课很有兴趣。金先生上课有时要提问，那么多的学生，他不能都叫得上名字来——联大是没有点名册的，他有时一上课就宣布："今天，穿红毛衣的女同学回答问题。"于是所有穿红衣的女同学就都有点紧张，又有点兴奋。那时联大女生在蓝阴丹士林旗袍外面套一件红毛衣成了一种风气。穿蓝毛衣、黄毛衣的极少。问题回答得流利清楚，也是件出风头的事。金先生很注意地听着，完了，说："Yes! 请坐！"

学生也可以提出问题，请金先生解答。学生提的问题深浅不一，金先生有问必答，很耐心。有一个华侨同学叫林国达，操广东普通话，最爱提问题，问题大都奇奇怪怪。他大概觉得逻辑这门学问挺"玄"的，应该提点怪问题。有一次他又站起来提了一个怪问题，金先生想了一想，说："林国达同学，我问你一个问题：Mr.LinGuoda is perpendicular to the blackboard（林国达君垂直于黑板），这什么意思？"林国达傻了。林国达当然无法垂直于黑板，但这句话在逻辑上没有错误。

林国达游泳淹死了。金先生上课，说："林国达死了，很不幸。"这一堂课，金先生一直没有笑容。

有一个同学，大概是陈蕴珍，即萧珊，曾问过金先生："您为什么要搞逻辑？"逻辑课的前一半讲三段论，大前提、小前提、结论、周延、不周延、归纳、演绎……还比较有意思。后半部全是符号，简直像高等数学。她的意思是：这种学问多么枯燥！金先生的回答是："我觉得它很好玩。"

除了文学院大一学生必修逻辑，金先生还开了一门"符号逻辑"，是选修课。这门学问对我来说简直是天书。选这门课的人很少，教室里只有几个人。学生里最突出的是王浩。金先生讲着讲着，有时会停下来，问："王浩，你以为如何？"这堂课就成了他们师生二人的对话。王浩现在在美国。前些年写了一篇关于金先生的较长的文章，大概是论金先生之学的，我没有见到。

王浩和我是相当熟的。他有个要好的朋友王景鹤，和我同在昆明黄土坡一个中学教学，王浩常来玩。来了，常打篮球。大都是吃了午饭就打。王浩管吃了饭就打球叫"练盲肠"。王浩的相貌颇"土"，脑袋很大，剃了一个光头——联大同学剃光头的很少，说话带山东口音。他现在成了洋人——美籍华人，国际知名的学者，我实在想象不出他现在是什么样子。前年他回国讲学，托一个同学要我给他画一张画。我给他画了几个青头菌、牛肝菌，一根大葱，两头蒜，还有一块很大的宣威火腿。火腿是很少入画的。我在画上题了几句话，有一句是“以慰王浩异国乡情”。王浩的学问，原来是师承金先生的。一个人一生哪怕只教出一个好学生，也值得了。当然，金先生的好学生不止一个人。

金先生是研究哲学的，但是他看了很多小说。从普鲁斯特到福尔摩斯，都看。听说他很爱看平江不肖生的《江湖奇侠传》。有几个联大同学住在金鸡巷，陈蕴珍、王树藏、刘北汜、施载宣（萧荻）。楼上有一间小客厅，沈先生有时拉一个熟人去给少数爱好文学、写写东西的同学讲一点什么。金先生有一次也被拉了去。他讲的题目是《小说和哲学》，题目是沈先生给他出的。大家以为金先生一定会讲出一番道理。不料金先生讲了半天，结论却是：小说和哲学没有关系。有人问：“那么《红楼梦》呢？”金先生说：“红楼梦里的哲学不是哲学。”他讲着讲着，忽然停下来：“对不起，我这里有个小动物。”

他把右手伸进后脖颈，捉出了一个跳蚤，捏在手指里看看，甚为得意。

金先生是个单身汉（联大教授里不少光棍，杨振声先生曾写过一篇游戏文章《释鳏》，在教授间传阅），无儿无女，但是过得自得其乐。他养了一只很大的斗鸡（云南出斗鸡）。这只斗鸡能把脖子伸上来，和金先生在一个桌子吃饭。他到处搜罗大梨、大石榴，拿去和别的教授的孩子比赛。比输了，就把梨或石榴送给小朋友，他再去买。

金先生朋友很多，除了哲学家的教授外，时常来往的，据我所知，有梁思成、林徽因夫妇，沈从文，张奚若……君子之交淡如水，坐定之后，清茶一杯，闲话片刻而已。金先生对林徽因的谈吐才华，十分欣赏。现在的年轻人多不知道林徽因。她是学建筑的，但是对文学的趣味极高，精于鉴赏，所写的诗和小说如《窗子以外》《九十九度中》风格清新，一时无二。林徽因死后，有一年，金先生在北京饭店请了一次客，老朋友收到通知，都纳闷：老金为什么请客？到了之后，金先生才宣布："今天是徽因的生日。"

金先生晚年深居简出。毛主席曾经对他说："你要接触接触社会。”金先生已经八十岁了，怎么接触社会呢？他就和一个蹬平板三轮车的约好，每天蹬着他到王府井一带转一大圈。我想象金先生坐在平板三轮上东张西望，那情景一定非常有趣。王府井人挤人，熙熙攘攘，谁也不会知道这位东张西望的老人是一位一肚子学问、为人天真、热爱生活的大哲学家。

金先生治学精深，而著作不多。除了一本大学丛书里的《逻辑》，我所知道的，还有一本《论道》。其余还有什么，我不清楚，须问王浩。

我对金先生所知甚少。希望熟知金先生的人把金先生好好写一写。

联大的许多教授都应该有人好好地写一写。

齐白石的童心

曾见齐白石册页四开，都很有趣，内一开画淡蓝色的藤花数穗，很多很多野蜜蜂，在花间上下乱飞，用金冬心体作了颇长的题跋：

家山有野藤，花时游蜂无数，×孙小时曾为蜂所蜇。此×孙能作此藤花矣。静思往事，如在目底。

题跋似明人小品，极有风致。“静思往事，如在目底”，用老人的家乡话说：“此言说得有味。”

事隔多年，画和题跋都不忘。题跋字句或小有出入，老人的孙子的名已模糊，只好以“×”代之。此画已印为单页，倘或有缘再见，当逐字核对。

此画之美，在于有一片温情，一片童心，一片人道主义。第一流的画家所以高出平庸的画家（尽管技法很熟练），正在一片童心。

星斗其文，赤子其人

沈先生逝世后，傅汉斯、张充和从美国电传来一副挽辞。字是晋人小楷，一看就知道是张充和写的。词想必也是她拟的。只有四句：

不折不从　亦慈亦让
星斗其文　赤子其人

这是嵌字格，但是非常贴切，把沈先生的一生概括得很全面。这位四妹对三姐夫沈二哥真是非常了解。荒芜同志编了一本《我所认识的沈从文》，写得最好的一篇，我以为也应该是张充和写的《三姐夫沈二哥》。

沈先生的血管里有少数民族的血液。他在填履历表时，“民族”一栏里填土家族或苗族都可以，可以由他自由选择。湘西有少数民族血统的人大都有一股蛮劲、狠劲，做什么都要做出一个名堂。黄永玉就是这样的人。沈先生瘦瘦小小（晚年发胖了），但是有用不完的精力。他小时是个顽童，爱游泳（他叫“游水”）。进城后好像就不游了。三姐（师母张兆和）很想看他游一次泳，但是没有看到。我当然更没有看到过。他少年当兵，漂泊转徙，很少连续几晚睡在同一张床上。吃的东西，最好的不过是切成四方的大块猪肉（煮在豆芽菜汤里）。行军、拉船，锻炼出一副极富耐力的体魄。二十岁冒冒失失地闯到北平来，举目无亲，连标点符号都不会用，就想用手中一支笔打出一片天下。他经常为弄不到一点东西“消化消化”而发愁，冬天屋里生不起火，用被子围起来，还是不停地写。我一九四六年到上海，因为找不到职业，情绪很坏，他写信把我大骂了一顿，说：“为了一时的困难，就这样哭哭啼啼的，甚至想到要自杀，真是没出息！你手中有一支笔，怕什么！”他在信里说了一些他刚到北京时的情形。同时又叫三姐从苏州写了一封很长的信安慰我。他真的用一支笔打出了一片天下。一个只读过小学的人，竟成了一个大作家，而且积累了那么多的学问，真是一个奇迹。

沈先生很爱用一个别人不常用的词："耐烦"。他说自己不是天才（他应当算是个天才），只是耐烦。他对别人的称赞，也常说"要算耐烦"。看见儿子小虎搞机床设计时，说"要算耐烦"。看见孙女小红做作业时，也说"要算耐烦"。他的"耐烦"，意思就是锲而不舍，不怕费劲。一个时期，沈先生每个月都要发表几篇小说，每年都要出几本书，被称为"多产作家"，但是他写东西不是很快，从来不是一挥而就的。他年轻时常常日以继夜地写。他常流鼻血，血液凝聚力差，一流起来不易止住，很怕人。有时夜间写作，竟至晕倒，伏在自己的一摊鼻血里，第二天才被人发现。我就亲眼看到过他的带有鼻血痕迹的手稿。他后来还常流鼻血，不过不那么厉害了。他自己知道，并不惊慌。很奇怪，他连续感冒几天，一流鼻血，感冒就好了。

他的作品看起来很轻松自如，若不经意，但都是苦心刻琢出来的。《边城》一共不到七万字，他告诉我，写了半年。

他这篇小说是在《国闻周报》上连载的，每期一章。小说共二十一章，21×7=147，我算了算，差不多正是半年。这篇东西是他新婚之后写的，那时他住在达子营。巴金住在他那里。他们每天写，巴老在屋里写，沈先生搬个小桌子，在院子里的树荫下写。巴老写了一个长篇，沈先生写了《边城》。他称他的小说为“习作”，并不完全是谦虚。有些小说是为了教创作课给学生示范而写的，因此试验了各种方法。为了教学生写对话，有的小说通篇都用对话组成，如《若墨医生》；有的，一句对话也没有。《月下小景》确是为了履行许给张家小五的诺言“写故事给你看”而写的。同时，当然是为了试验一下“讲故事”的方法（这一组“故事”明显地看得出受了《十日谈》和《一千零一夜》的影响），同时，也为了试验一下把六朝译经和口语结合的文体。这种试验，后来形成一种他自己说是“文白夹杂”的独特的沈从文体，在四十年代的文字（如《烛虚》）中尤为成熟。他的亲戚，语言学家周有光曾说：“你的语言是古英语，甚至是拉丁文。”

沈先生讲创作，不大爱说“结构”，他说是“组织”。我也比较喜欢“组织”这个词。“结构”过于理智，“组织”更带感情，较多作者的主观。他曾把一篇小说一条一条地裁开，用不同方法组织，看看哪一种形式更为合适。沈先生爱改自己的文章。他的原稿，一改再改，天头地脚页边，都是修改的字迹，蜘蛛网似的，这里牵出一条，那里牵出一条。作品发表了，改。成书了，改。看到自己的文章，总要改。有时改了多次，反而不如原来的，以至三姐后来不许他改了（三姐是沈先生文集的一个极其细心、极其认真的义务责任编辑）。沈先生的作品写得最快、最顺畅，改得最少的，只有一本《从文自传》。这本自传没有经过冥思苦想，只用了三个星期，一气呵成。

他不大用稿纸写作。在昆明写东西，是用毛笔写在当地出产的竹纸上的，自己折出印子。他也用钢笔，蘸水钢笔。他抓钢笔的手势有点像抓毛笔（这一点可以证明他不是洋学堂出身）。《长河》就是用钢笔写的，写在一个硬面的练习簿上，直行，两面写。他的原稿的字很清楚，不潦草，但写的是行书。不熟悉他的字体的排字工人是会感到困难的。他晚年写信写文章爱用秃笔淡墨。用秃笔写那样小的字，不但清楚，而且顿挫有致，真是一个功夫。

他很爱他的家乡。他的《湘西》《湘行散记》和许多篇小说可以做证。他不止一次和我谈起棉花坡，谈起枫树坳，一到秋天满城落了枫树的红叶。一说起来，不胜神往。黄永玉画过一张凤凰沈家门外的小巷，屋顶墙壁颇零乱，有大朵大朵的红花——不知是不是夹竹桃，画面颜色很浓，水气泱泱。沈先生很喜欢这张画，说："就是这样！"八十岁那年，和三姐一同回了一次凤凰，领着她看了他小说中所写的各处，都还没有大变样。家乡人闻知沈从文回来了，简直不知怎样招待才好。他说："他们为我捉了一只锦鸡！"锦鸡毛羽很好看，他很爱那只锦鸡，还抱着它照了一张相，后来知道竟做了他的盘中餐，对三姐说："真煞风景！"锦鸡肉并不怎么好吃。沈先生说及时大笑，但也表现出对乡人的殷勤十分感激。他在家乡听了傩戏，这是一种古调犹存的很老的弋阳腔。打鼓的是一位七十多岁的老人，他对年轻人打鼓失去旧范很不以为然。沈先生听了，说："这是楚声，楚声！"他动情地听着"楚声"，泪流满面。

沈先生八十岁生日，我曾写了一首诗送他，开头两句是：

犹及回乡听楚声，

此身虽在总堪惊。

端木蕻良看到这首诗，认为“犹及”二字很好。我写下来的时候就有点觉得这不大吉利，没想到沈先生再也不能回家乡听一次了！他的家乡每年有人来看他，沈先生非常亲切地和他们谈话，一坐半天。每当同乡人来了，原来在座的朋友或学生就只有退避在一边，听他们谈话。沈先生很好客，朋友很多。老一辈的有林宰平、徐志摩。沈先生提及他们时充满感情。没有他们的提挈，沈先生也许就会当警察，或者在马路旁边“瘪了”。我认识他后，和他经常来往的有杨振声、张奚若、金岳霖、朱光潜诸先生以及梁思成、林徽因夫妇。他们的交往真是君子之交，既无朋党色彩，也无酒食征逐。清茶一杯，闲谈片刻。杨先生有一次托沈先生带信，让我到南锣鼓巷他的住处去，我以为有什么事。去了，只是他亲自给我煮一杯咖啡，让我看一本他收藏的姚茫父的册页。这册页的芯子只有火柴盒那样大，横的，是山水，用极富金石味的墨线勾轮廓，设极重的青绿，真是妙品。杨先生对待我这个初露头角的学生如此，则其接待沈先生的情形可知。杨先生和沈先生夫妇曾在颐和园住过一个时期，想来也不过是清晨或黄昏到后山谐趣园一带走走，看看湖里的金丝莲，或写出一张得意的字来，互相欣赏欣赏，其余时间各自在屋里读书做事，如此而已。

沈先生对青年的帮助真是不遗余力。他曾经自己出钱为一个诗人出了第一本诗集。一九四七年，诗人柯原的父亲故去，家中拉了一笔债，沈先生提出卖字来帮助他。《益世报》登出了沈从文卖字的启事，买字的可定出规格，而将价款直接寄给诗人。柯原一九八〇年去看沈先生，沈先生才记起有这回事。他对学生的作品细心修改，寄给相熟的报刊，尽量争取发表。他这辈子为学生寄稿的邮费，加起来是一个相当可观的数字。抗战时期，通货膨胀，邮费也不断涨，往往寄一封信，信封正面反面都得贴满邮票。为了省一点邮费，沈先生总是把稿纸的天头地脚页边都裁去，只留一个稿芯，这样分量轻一点。稿子发表了，稿费寄来，他必为亲自送去。李霖灿在丽江画玉龙雪山，他的画都是寄到昆明，由沈先生代为出手的。我在昆明写的稿子，几乎无一篇不是他寄出去的。一九四六年，郑振铎、李健吾先生在上海创办《文艺复兴》，沈先生把我的《小学校的钟声》和《复仇》寄去。这两篇稿子写出已经有几年，当时无地方可发表。稿子是用毛笔楷书写在学生作文的绿格本上的，郑先生收到，发现稿纸上已经叫蠹虫蛀了好些洞，使他大为激动。

沈先生对我这个学生是很喜欢的。为了躲避日本飞机空袭，他们全家有一阵住在呈贡新街，后迁跑马山桃源新村。沈先生有课时进城住两三天。他进城时，我都去看他，交稿子，看他收藏的宝贝，借书。沈先生的书是为了自己看，也为了借给别人看的。“借书一痴，还书一痴”，借书的痴子不少，还书的痴子可不多。有些书借出去一去无踪。有一次，晚上，我喝得烂醉，坐在路边，沈先生到一处演讲回来，以为是一个难民，生了病，走近看看，是我！他和两个同学把我扶到他的住处，灌了好些酽茶，我才醒过来。有一回我去看他，牙疼，腮帮子肿得老高。沈先生开了门，一看，一句话没说，出去买了几个大橘子抱着回来了。

沈先生的家庭是我见到的最好的家庭，随时都在亲切和谐气氛中。两个儿子，小龙小虎，兄弟怡怡。他们都很高尚清白，无丝毫庸俗习气，无一句粗鄙言语，他们都很幽默，但幽默得很温雅。一家人于钱上都看得很淡。《沈从文文集》的稿费寄到，九千多元，大概开过家庭会议，又从存款中取出几百元，凑成一万，寄到家乡办学。沈先生也有生气的时候，也有极度烦恼痛苦的时候，在昆明，在北京，我都见到过，但多数时候都是笑眯眯的。他总是用一种善意的、含情的微笑，来看这个世界的一切。到了晚年，喜欢放声大笑，笑得合不拢嘴，且摆动双手作势，真像一个孩子。只有看破一切人事乘除，得失荣辱，全置之度外，心地明净无渣滓的人，才能这样畅快地大笑。

沈先生五十年代后放下写小说、散文的笔（偶然还写一点，笔下仍极活泼，如写纪念陈翔鹤的文章，实写得极好），改业钻研文物，而且钻出了很大的名堂，不少中国人、外国人都很奇怪。实不奇怪。沈先生很早就对历史文物有很大兴趣。他写的关于展子虔游春图的文章，我以为是一篇重要文章，从人物服装颜色、式样考订图画的年代的真伪，是别的鉴赏家所未注意的方法。他关于书法的文章，特别是对宋四家的看法，很有见地。在昆明，我陪他去遛街，总要看看市招，到裱画店看看字画。昆明市政府对面有一堵大照壁，写满了一壁字（内容已不记得，大概不外是总理遗训），字有七八寸见方大，用二爨掺一点北魏造像题记笔意，白墙蓝字，是一位无名书家写的，写得实在好。我们每次经过，都要去看看。昆明有一位书法家叫吴忠荩，字写得极多，很多人家都有他的字，家家裱画店都有他的刚刚裱好的字。字写得很熟练，行书，只是用笔枯扁，结体少变化。沈先生还去看过他，说：“这位老先生写了一辈子字。”意思颇为他的水平受到限制而惋惜。昆明碰碰撞撞都可见到黑漆金字抱柱楹联上钱南园的四方大颜字，也还值得一看。

沈先生到北京后即喜欢搜集瓷器。有一个时期，他家用的餐具都是很名贵的旧瓷器，只是不配套，因为是一件一件买回来的。他一度专门搜集青花瓷。买到手，过一阵就送人。西南联大好几位助教、研究生结婚时都收到沈先生送的雍正青花的茶杯或酒杯。沈先生对陶瓷赏鉴极精，一眼就知是什么朝代的。一个朋友送我一个梨皮色釉的粗瓷盒子，我拿去给他看，他说：“元朝东西，民间窑！”有一阵搜集旧纸，大都是乾隆以前的，多是染过色的，瓷青的、豆绿的、水红的，触手细腻到像煮熟的鸡蛋白外的薄皮，真是美极了。至于茧纸、高丽发笺，那是凡品了（他搜集旧纸，但自己舍不得用来写字。晚年写字用糊窗户的高丽纸，他说：“我的字值三分钱。”）。

在昆明，搜集了一阵耿马漆盒。这种漆盒昆明的地摊上很容易买到，且不贵。沈先生搜集器物的原则是“人弃我取”。

其实这种竹胎的，涂红、黑两色漆，刮出极繁复而奇异的花纹的圆盒是很美的。装点心，装花生米，装邮票杂物均合适，放在桌上也是个摆设。这种漆盒也都陆续送人了。客人来，坐一阵，临走时大都能带走一个漆盒。有一阵研究中国丝绸，弄到许多大藏经的封面，各种颜色都有：宝蓝的、茶褐的、肉色的，花纹也是各式各样。沈先生后来写了一本《中国丝绸图案》。有一阵研究刺绣，除了衣服、裙子，还弄了好多扇套、眼镜盒、香袋。不知他是从哪里“踅摸”来的。这些绣品的针法真是多种多样。我只记得有一种绣法叫“打子”，是用一个一个丝线疙瘩缀出来的。他给我看一种绣品，叫“七色晕”，用七种颜色的绒绣成一个团花，看了真叫人发晕。他搜集、研究这些东西，不是为了消遣，是从发现、证实中国历史文化的优越这个角度出发的，研究时充满感情。我在他八十岁生日写给他的诗里有一联：

玩物从来非丧志，

著书老去为抒情。

这全是纪实。沈先生提及某种文物时常赞叹不已。马王堆那副不到一两重的纱衣，他不知说了多少次。刺绣用的金线原来是盲人用一把刀，全凭手感，从金箔上切割出来的。他说起时非常感动。有一个木俑（大概是楚俑）一尺多高，衣服非常特别：上衣的一半（连同袖子）是黑色，一半是红的；下裳正好相反，一半是红的，一半是黑的。沈先生说："这真是现代派！"如果照这样式（一点不用修改）做一件时装，拿到巴黎去，由一个长身细腰的模特儿穿起来，到表演台上转那么一转，准能把全巴黎都"镇"了！他平生搜集的文物，在他生前全都分别捐给了几个博物馆、工艺美术院校和工艺美术工厂，连收条都不要一个。

沈先生自奉甚薄。穿衣服从不讲究。他在《湘行散记》里说他穿了一件细毛料的长衫，这件长衫我可没见过。我见他时总是一件洗得褪了色的蓝布长衫，夹着一摞书，匆匆忙忙地走。一九四九年后是蓝卡其布或涤卡的干部服，黑灯芯绒的"懒汉鞋"。有一年做了一件皮大衣（我记得是从房东手里买的一件旧皮袍改制的，灰色粗线呢面），他穿在身上，说是很暖和，高兴得像一个孩子。吃得很清淡，我没见他下过一次馆子。在昆明，我到文林街二十号他的宿舍去看他，到吃饭时总是到对面米线铺吃一碗一角三分钱的米线。有时加一个西红柿，打一个鸡蛋，超不过两角五分。三姐是会做菜的，会做八宝糯米鸭，炖在一个大砂锅里，但不常做。他们住在中老胡同时，有时张充和骑自行车到前门月盛斋买一包烧羊肉回来，就算加菜了。在小羊宜宾胡同时，常吃的不外是炒四川的菜头，炒茨菇。沈先生爱吃茨菇，说“这个好，比土豆‘格’高”。他在《自传》中说他很会炖狗肉，我在昆明、在北京都没见他炖过一次。有一次他到他的助手王亚蓉家去，先来看看我（王亚蓉住在我们家马路对面，他七十多了，血压高到二百多，还常为了一点研究资料上的小事到处跑），我让他过一会儿来吃饭。他带来一卷画，是古代马戏图的摹本，实在是很精彩。他非常得意地问我的女儿：“精彩吧？”那天我给他做了一只烧羊腿、一条鱼。他回家一再向三姐称道：“真好吃。”他经常吃的荤菜是：猪头肉。

他的丧事十分简单。他凡事不喜张扬，最反对搞个人的纪念活动，反对“办生做寿”。他生前累次嘱咐家人，他死后，不开追悼会，不举行遗体告别。但火化之前，总要有一点仪式。

新华社消息的标题是“沈从文告别亲友和读者”，是合适的。只通知少数亲友。有一些景仰他的人是未接通知自己去的。不收花圈，只有约二十个布满鲜花的花篮，很大的白色的百合花、康乃馨、菊花、菖兰。参加仪式的人也不戴纸制的白花，但每人发给一枝半开的月季，行礼后放在遗体边。不放哀乐，放沈先生生前喜爱的音乐，如贝多芬的《悲怆奏鸣曲》等。沈先生面色如生，很安详地躺着。我走近他身边，看着他，久久不能离开。这样一个人，就这样地去了。我看他一眼，又看一眼，我哭了。

沈先生家有一盆虎耳草，种在一个椭圆形的小小钧窑盆里。很多人不认识这种草。这就是《边城》里翠翠在梦里采摘的那种草，沈先生喜欢的草。

闻一多先生上课

闻先生性格强烈坚毅。日寇南侵，清华、北大、南开合成临时大学，在长沙少驻，后改为西南联合大学，将往云南。一部分师生组成步行团，闻先生参加步行，万里长征，他把胡子留了起来，声言：抗战不胜，誓不剃须。他的胡子只有下巴上有，是所谓“山羊胡子”，而上髭浓黑，近似一字。他的嘴唇稍薄微扁，目光灼灼。有一张闻先生的木刻像，回头侧身，口衔烟斗，用炽热而又严冷的目光审视着现实，很能表达闻先生的内心世界。

联大到云南后，先在蒙自待了一年。闻先生还在专心治学，把自己整天关在图书馆里。图书馆在楼上。那时不少教授爱起斋名，如朱自清先生的斋名叫“贤于博弈斋”，魏建功先生的书斋叫“学无不暇”，有一位教授戏赠闻先生一个斋主的名称：“何妨一下楼主人”，因为闻先生总不下楼。

西南联大校舍安排停当，学校即迁至昆明。

我在西南联大读书时，闻先生先后开过三门课：楚辞、唐诗、古代神话。

楚辞班人不多。闻先生点燃烟斗，我们能抽烟的也点着了烟（闻先生的课是可以抽烟的），闻先生打开笔记，开讲：“痛饮酒，熟读《离骚》，乃可以为名士。”闻先生的笔记本很大，长一尺有半，宽近一尺，是写在特制的毛边纸稿纸上的。字是正楷，字体略长，一笔不苟。他写字有一特点，是爱用秃笔。别人用过的废笔，他都收集起来。秃笔写篆楷蝇头小字，真是一个功夫。我跟闻先生读一年楚辞，真读懂的只有两句“袅袅兮秋风，洞庭波兮木叶下”。也许还可加上几句：“成礼兮会鼓，传芭兮代舞，春兰兮秋菊，长无绝兮终古。”

闻先生教古代神话，非常“叫座”。不单是中文系的、文学院的学生来听讲，连理学院、工学院的同学也来听。工学院在拓东路，文学院在大西门，听一堂课得穿过整整一座昆明城。闻先生讲课“图文并茂”。他用整张的毛边纸墨画出伏羲、女娲的各种画像，用揿钉钉在黑板上，口讲指画，有声有色，条理严密，文采斐然，高低抑扬，引人入胜。闻先生是一个好演员。伏羲女娲，本来是相当枯燥的课题，但听闻先生讲课让人感到一种美，思想的美、逻辑的美、才华的美。听这样的课，穿一座城，也值得。

能够像闻先生那样讲唐诗的，并世无第二人。他也讲初唐四杰、大历十才子、《河岳英灵集》，但是讲得最多，也讲得最好的，是晚唐。他把晚唐诗和后期印象派的画联系起来。讲李贺，同时讲到印象派里的pointlism（点画派），说点画看起来只是不同颜色的点，这些点似乎不相连属，但凝视之，则可感觉到点与点之间的内在联系。这样讲唐诗，必须本人既是诗人，也是画家，有谁能办到？闻先生讲唐诗的妙悟，应该记录下来。我是个大大咧咧的人，上课从不记笔记。听说比我高一班的同学郑临川记录了，而且整理成一本《闻一多论唐诗》，出版了，这是大好事。

我颇具歪才，善能胡诌，闻先生很欣赏我。我曾替一个比我低一班的同学写了一篇关于李贺的读书报告——西南联大一般课程都不考试，只于学期终了时交一篇读书报告即可给学分。闻先生看了这篇读书报告后，对那位同学说：“你的报告写得很好，比汪曾祺写的还好！”其实我写李贺，只写了一点：别人的诗都是画在白底子上的画，李贺的诗是画在黑底子上的画，故颜色特别浓烈。这也是西南联大许多教授对学生鉴别的标准：不怕新，不怕怪，而不尚平庸，不喜欢人云亦云，只抄书，无创见。

赵树理同志二三事

赵树理同志身高而瘦。面长鼻直，额头很高。眉细而微弯，眼狭长，与人相对，特别是倾听别人说话时，眼角常若含笑。听到什么有趣的事，也会咕咕地笑出声来。有时他自己想到什么有趣的事，也会咕咕地笑起来。赵树理是个非常富有幽默感的人。他的幽默是农民式的幽默，聪明、精细而含蓄，不是存心逗乐，也不带尖刻伤人的芒刺，温和而有善意。他只是随时觉得生活很好玩，某人某事很有意思，可发一笑，不禁莞尔。他的幽默感在他的作品里和他的脸上随时可见（我很希望有人写一篇文章，专谈赵树理小说中的幽默感，我以为这是他的小说的一个很大的特点）。赵树理走路比较快（他的腿长，他的身体各部分都偏长，手指也长），总好像在侧着身子往前走，像是穿行在热闹的集市的人丛中，怕碰着别人，给别人让路。赵树理同志是我见到过的最没有架子的作家，一个让人感到亲切、妩媚的作家。

树理同志衣着朴素，一年四季，总是一身蓝卡其布的制服。但是他有一件很豪华的“行头”，一件水獭皮领子、礼服呢面的狐皮大衣。他身体不好，怕冷，冬天出门就穿起这件大衣来。那是刚“进城”的时候买的。那时这样的大衣很便宜，拍卖行里总挂着几件。奇怪的是他下乡体验生活，回到上党农村，也是穿了这件大衣去。那时作家下乡，总得穿得像个农民，至少像个村干部，哪有穿了水獭领子狐皮大衣下去的？可是家乡的农民并不因为这件大衣就和他疏远隔阂起来，赵树理还是他们的“老赵”，老老少少，还是跟他无话不谈。看来，能否接近农民，不在衣裳。但是敢于穿了狐皮大衣而不怕农民见外的，恐怕也只有赵树理同志一人而已。他根本就没有考虑穿什么衣服“下去”的问题。

他吃得很随便。家眷未到之前，他每天出去“打游击”。

他总是吃最小的饭馆。霞公府（他在霞公府市文联宿舍住了几年）附近有几家小饭馆，树理同志是常客。这种小饭馆只有几个菜。最贵的菜是小碗坛子肉，最便宜的菜是“炒和菜盖被窝”——菠菜炒粉条，上面盖一层薄薄的摊鸡蛋。树理同志常吃的菜便是炒和菜盖被窝。他工作得很晚，每天十点多钟要出去吃夜宵。和霞公府相平行的一个胡同里有一溜卖夜宵的摊子。树理同志往长板凳上一坐，要一碗馄饨，两个烧饼夹猪头肉，喝二两酒，自得其乐。

喝了酒，不即回宿舍，坐在传达室，用两个指头当鼓箭，在一张三屉桌上打鼓。他打的是上党梆子的鼓。上党梆子的锣经和京剧不一样，很特别。如果有外人来，看到一个长长脸的中年人，在那里如醉如痴地打鼓，绝不会想到这就是作家赵树理。

赵树理是一个多才多艺的农村才子。王春同志在一篇文章中提到过树理同志曾在一个集上一个人唱了一台戏：口念锣经过门，手脚并用作身段，还误不了唱。这是可信的。我就亲眼见过树理同志在市文联内部晚会上表演过起霸。见过高盛麟、孙毓堃起霸的同志，对他的上党起霸不是那么欣赏，他还是口念锣经，一丝不苟地起了一趟“全霸”，并不是比画两下就算完事。虽是逢场作戏，但是也像他写小说、编刊物一样认真。

赵树理同志很能喝酒，而且善于划拳。他的划拳是一绝：两只手同时用，一会儿出右手，一会儿出左手。老舍先生那几年每年要请两次客，把市文联的同志约去喝酒。一次是秋天，菊花盛开的时候，赏菊（老舍先生家的菊花养得很好，他有个哥哥，精于艺菊，称得起是个“花把式”）；一次是腊月二十三，那天是老舍先生的生日。酒、菜都很丰盛而有北京特点。老舍先生豪饮（后来因血压高戒了酒），而且划拳极精。老舍先生划拳打通关，很少有输的时候。划拳是个斗心眼的事，要琢磨对方的拳路，判定他会出什么拳。年轻人斗不过他，常常是第一个“俩好”就把小伙子“一板打死”。对赵树理，他可没有办法，树理同志这种左右开弓的拳法，他大概还没有见过，很不适应，结果往往败北。

赵树理同志讲话很“随便”。那一阵很多人把中国农村说得过于美好，文艺作品尤多粉饰，他很有意见。他经常回家乡，回来总要作一次报告，说说农村见闻。他认为农村还是很穷，日子过得很艰难。他戏称他戴的一块表为“五驴表”，说买这块表的钱在农村可以买五头毛驴。那时候谁家能买五头毛驴，算是了不起的富户了。他的这些话是不合时宜的，后来挨了批评，以后说话就谨慎一点了。

赵树理同志抽烟抽得很凶。据王春同志的文章说，在农村的时候，嫌烟袋锅子抽了不过瘾，将一个山药蛋挖空了，插一根小竹管，装了一“蛋”烟，狂抽几口，才算解气。进城后，他抽烟卷，但总是抽最次的烟。他抽的是什么牌子的烟，我不记得了，只记得是棕黄的皮儿，烟味极辛辣。他逢人介绍这种牌子的烟，说是价廉物美。

赵树理同志担任《说说唱唱》的副主编，不是挂一个名，他每期都亲自看稿、改稿。常常到了快该发稿的日期，还没有合用的稿子，他就把经过初审、二审的稿子抱到屋里去，一篇一篇地看，差一点的，就丢在一边，弄得满室狼藉。忽然发现一篇好稿，就欣喜若狂，即交编辑部发出。他把这种编辑方法叫作“绝处逢生法”。有时实在没有较好的稿子，就由编委之一的自己动手写一篇。有一次没有像样的稿子，大概是康濯同志说：“老赵，你自己搞一篇！”老赵于是关起门来炮制。《登记》（《罗汉钱》）就是在这种等米下锅的情况下急就出来的。

赵树理同志的稿子写得很干净清楚，几乎不改一个字。他对文字有“洁癖”，容不得一个看了不舒服的字。有一个时候，有人爱用“妳”字，有的编辑也喜欢把作者原来用的“你”改“妳”，树理同志为此极为生气。两个人对面说话，本无须标明对方是不是女性。世界语言中第二人称代词也极少分性别。“妳”字读“奶”，不读“你”。有一次树理同志在他的原稿第一页页边写了几句话：“编辑、排版、校对同志注意：文中所有‘你’字一律不得改为‘妳’字，否则要负法律责任。”

树理同志的字写得很好。他写稿一般都用红格直行的稿纸，钢笔。字体略长，如其人，看得出是欧字、柳字的底子。他平常不大用毛笔。他的毛笔字我只见过一幅，字极潇洒，而有功力，是在劳动人民文化宫见到的。劳动人民文化宫刚成立，负责“官务”的同志请十几位作家用宣纸毛笔题词，嵌以镜框，挂在会议室里。他们也请树理同志写了一幅，树理同志写了几句李有才体的通俗诗：

古来数谁大，
皇老祖宗。

如今数谁大，

劳动众弟兄。

还是这座庙[1]，

换了主人翁！

[1] 劳动人民文化宫原是太庙。

唐立厂[1]先生

唐立厂先生名兰，“立厂”是兰的反切。离名之反切为字，西南联大教授中有好几位。如王力——了一。这大概也是一时风气。

唐先生没有读过正式的大学，只在唐文治办的无锡国学馆读过，但因为他的文章为王国维、罗振玉所欣赏，一夜之间，名满京师。王国维称他为“青年文字学家”。王国维岂是随便“逢人说项”者乎？这样，他年纪轻轻的就在北京、辽宁（唐先生谓之奉天）等大学教了书。他在西南联大时已经是教授。

[1]“厂”读“庵”（ān）。——原注

他讲“说文解字”时，有几位已经很有名的教授都规规矩矩地坐在教室里听。西南联大有这样一个好学风：你有学问，我就听你的课，不觉得这有什么丢人。唐先生对金文甲骨都有很深的研究，尤其是甲骨文。当时治甲骨文的学者号称有“四堂”：观堂（王国维）、雪堂（罗振玉）、彦堂（董作宾）、鼎堂（郭沫若），其实应该加上一厂（唐立厂）。难得的是他治学无门户之见。郭沫若研究古文字是自学，无师承，有些右派学者看不起他，唐立厂独不然，他对郭沫若很推崇，在一篇文章中说过：“鼎堂导夫先路”[1]，把郭置于诸家之前。他提起郭沫若总是读其本字“郭沫若”，沫音妹，不读泡沫的沫。唐先生是无锡人，说话用吴语，“郭”“若”都是入声，听起来有一种特殊的味道，让人觉得亲切。唐先生说诸家治古文字是手工业，一个字一个字地认，他是小机器工业。他认出一个“斤”字，于是凡带斤字偏旁的字便都迎刃而解，一认一大批。在当时认古文字数量最多的应推唐立厂。

唐先生兴趣甚广，于学无所不窥。有一年教词选的教授休

[1] 此处汪曾祺记忆有误，唐兰《天壤阁甲骨文存目序》：“卜辞研究，自雪堂导夫先路，观堂继以考异，彦堂区其时代，鼎堂发其辞例……”

假，他自告奋勇，开了词选课。他教词选实在有点特别。他主要讲《花间集》，《花间集》以下不讲。其实他讲词并不讲，只是打起无锡腔，把这一首词高声吟唱一遍，然后加一句短到不能再短的评语。

“‘双鬓隔香红啊，玉钗头上风。’——好！真好！”这首词就算讲完了。学生听懂了没有？听懂了！从他的做梦一样的声音、神情中，体会到了温飞卿此词之美了。讲是不讲，不讲是讲。

唐先生脑袋稍大，一年只理两次发，头发很长，他又是个鬈发，从后面看像一只狻猊——就是卢沟桥上的石狮子，也即是耍狮子舞的那种狮子，不是非洲狮子。他有一阵住在大观楼附近的乡下，请了一个本地的女孩子照料生活，洗衣裳、做饭。唐先生爱吃干巴菌，女孩子常给他炒青辣椒干巴菌。有时请几个学生上家里吃饭，必有这一道菜。

唐先生有过一段 Romance，和照料他生活的女孩子有了感情，为她写了好些首词。他也并不讳言，反而抄出来请中文系的教授、讲师传看。都是“花间体”。据我们系主任罗常培（莘田）说：“写得很艳！”

唐先生说话无拘束，想到什么就说。有一次在系办公室说起闻一多、罗膺中（庸），这是两个中文系上课最“叫座”的教授，闻先生教楚辞、唐诗、古代神话，罗先生讲杜诗。他们上课，教室里座无虚席，有一些工学院学生会从拓东路到大西门，穿过整个昆明城赶来听课。唐立厂当着系里很多教员、助教，大声评论他们二位：“闻一多集穿凿附会之大成，罗膺中集啰唆之大成！”他的无锡语音使他的评论更富力度。教员、助教互相看看，不赞一词。“处世无奇但率真”，唐立厂先生是一个胸无渣滓的率真的人。他的评论并无恶意，也绝无“打击别人抬高自己”的用心。他没有虑到这句话传到闻先生、罗先生耳中会不会使他们生气，也没有无聊的人搬弄是非、传小话。即使闻先生、罗先生听到，也不会生气的。西南联大就是这样一所大学，这样的一种学风：宽容、坦荡、率真。

谭富英逸事

谭富英有时很“逗”，有意见不说，却用行动表示。他嫌谭小培给他的零花钱太少了，走到父亲跟前，摔了个硬抢背。谭小培明白，富英的意思是说：你给我的钱太少，我就摔你的儿子！五爷（谭小培行五，梨园行都称之为五爷）连忙说：“哎呀儿子！有话你说！有话说！别这样！”梨园行都说谭小培是个“有福之人”。谭鑫培活着时，他花老爷子的钱；老爷子死了，儿子富英唱红了，他把富英挣的钱全管起来，每月只给富英有数的零花。富英这一抢背，使他觉得对儿子克扣得太紧，是得给长长份儿。

有一年，在哈尔滨唱。第二天谭富英要唱的是重头戏，心里有负担，早早就上了床，可老睡不着。同去的有裘盛戎，他第二天的戏是一出“歇工戏”。盛戎晚上弄了好些人在屋里吃涮羊肉、猜拳对酒，喊叫喧哗，闹到半夜。谭富英这个烦呀！他站到当院唱了一句倒板：“听谯楼打九更……”“打九更？”大伙一愣，盛戎明白，意思是都这会儿了，你们还这么吵嚷！忙说：“谭团长有意见了，咱们小点声，小点声！”

有一个演员，练功不使劲，谭富英看了摇头。这个演员说：“我老了，翻不动了！”谭富英说：“对！人生三十古来稀，你是老了！”

谭富英一辈子没少挣钱，但是生活清简。一天就是蜷在沙发里看书，看历史（据说他能把二十四史看下来，恐不可靠），看困了就打个盹，醒来接茬再看，一天都不离开他那张沙发。他爱吃油炸的东西，炸油条、炸油饼、炸卷馃，都欢喜（谭富英不说“喜欢”，而说“欢喜”）。爱吃鸡蛋，炒鸡蛋、煎荷包蛋、煮鸡蛋，都行。抗美援朝时，他到过朝鲜，部队首长问他们生活上有什么要求，他说想吃一碗蛋炒饭。那时朝鲜没有鸡蛋，部队派吉普车冒着炮火开到丹东，才弄到几个鸡蛋。为此，有人在“文革”中又提起这事。谭富英跟我小声说：“我哪儿知道几个鸡蛋要冒这样的危险呀！知道，我就不吃了！”谭富英有个“三不主义”：不娶小、不收徒、不做官。他的为人，梨园行都知道。反党野心家江青对此也了解，但在“文革”中，她却要谭富英退党（谭富英是老党员了）。江青劝退，能够不退吗？谭富英把退党是很当回事的。他生性平和恬淡，宠辱不惊，那一阵却变得少言寡语，闷闷不乐，很久很久，都没有缓过来。

谭富英病重住院。他原有心脏病，这回大概还有其他病并发，已经报了“病危”，服药注射，都不见效。谭富英知道给他开的都是进口药，很贵，就对医生说：“这药留给别人用吧！我用不着了！”终于与世长辞，死得很安静。

赞曰：

生老病死，全无所谓。

抱恨终生，无端“劝退”。

马·谭·张·裘·赵

——漫谈他们的演唱艺术

马（连良）、谭（富英）、张（君秋）、裘（盛戎）、赵（燕侠）是北京京剧团的“五大头牌”。我从一九六一年年底参加北京京剧团工作，和他们有一些接触，但都没有很深的交往。我对京剧始终是个“外行”（京剧界把不是唱戏的都叫作“外行”）。看过他们一些戏，但是看看而已，没有做过任何研究。现在所写的，只能是一些片片段段的印象。有些是我所目击的，有些则得之于别人的闲谈，未经核实，未必可靠。好在这不入档案，姑妄言之耳。

描述一个演员的表演是几乎不可能的事。马连良是个雅俗共赏的表演艺术家，很多人都爱看马连良的戏。但是马连良好在哪里，谁也说不清楚。一般都说马连良“潇洒”。马连良曾想写一篇文章《谈潇洒》，不知写成了没有。我觉得这篇文章是很难写的。“潇洒”是什么？很难捉摸。《辞海》“潇洒”条，注云：“洒脱，不拘束”，庶几近之。马连良的“潇洒”，和他在台上极端的松弛是有关系的。马连良天赋条件很好：面形端正，眉目清朗，眼睛不大，而善于表情，身材好，高矮胖瘦合适，体格匀称。他的一双脚，照京剧演员的说法，“长得很顺溜”。京剧演员很注意脚。过去唱老生大都包脚，为的是穿上靴子好看。一双脚脯里咕叽，浑身都不会有精神。他腰腿幼功很好，年轻时唱过《连环套》，唱过《广泰庄》这类的武戏。脚底下干净，清楚。一出台，就给观众一个清爽、漂亮的印象，照戏班里的说法：“有人缘儿。”

马连良在做角色准备时是很认真的，一招一式，反复琢磨。他的夫人常说他：“又附了体。”他曾排过一出小型现代戏《年年有余》（与张君秋合演），剧中的老汉是抽旱烟的。他弄了一根旱烟袋，整天在家里摆弄“找感觉”。到了排练场，把在家里琢磨好的身段步位走出来就是，导演不再提意见，也提不出意见，因为他的设计都挑不出毛病。所以导演排他的戏很省劲。到了演出时，他更是一点负担都没有。《秦香莲》里秦香莲唱了一大段“琵琶词”，他扮的王延龄坐在上面听，没有什么“事”，本来是很难受的，然而马连良不“空”得慌，他一会儿捋捋髯口（马连良捋髯口很好看，捋“白满”时用食指和中指轻夹住一绺，缓缓捋到底），一会用眼瞟瞟陈世美，似乎他随时都在戏里，其实他在轻轻给张君秋拍着板！他还有个“毛病”，爱在台上跟同台演员小声地聊天。有一次和李多奎聊起来：“二哥，今儿中午吃了什么？包饺子？什么馅儿的？”害得李多奎到该张嘴时忘了词。马连良演戏，可以说是既在戏里，又在戏外。

既在戏里，又在戏外，这是中国戏曲，尤其是京剧表演的一个特点。京剧演员随时要意识到自己的唱念做打，手眼身法步，没法长时间地“进入角色”。《空城计》表现诸葛亮履险退敌，但是只有在司马懿退兵之后，诸葛亮下了城楼，抹了一把汗，说道：“好险哪！”观众才回想起诸葛亮刚才表面上很镇定，但是内心很紧张，如果要演员一直“进入角色”，又表演出镇定，又表演出紧张，那“我本是卧龙岗散淡的人”的“慢板”和“我正在城楼观山景”的“二六”怎么唱?

有人说中国戏曲注重形式美。有人说只注重形式美，意思是不重视内容。有人说某些演员的表演是“形式主义”，这就不大好听了。马连良就曾被某些戏曲评论家说成是“形式主义”。“形式美”也罢，“形式主义”也罢，然而马连良自是马连良，观众爱看，爱其“潇洒”。

马连良不是不演人物。他很注意人物的性格基调。我曾听他说过：“先得弄准了他的‘人性’：是绵软随和，还是干艮倔奘。”

马连良很注意表演的预示，在用一种手段（唱、念、做）想对观众传达一个重点内容时，先得使观众有预感，有准备，照他的说法是：“先打闪，后打雷。”

马连良的台步很讲究，几乎一个人物一个步法。我看过他的《一捧雪》，“搜杯”场，莫成三次企图藏杯外逃，都为严府家丁校尉所阻，没有一句词，只是三次上场、退下，三次都是“水底鱼”，三个“水底鱼”能走下三个满堂好，不但干净利索，自然应节（不为锣鼓点捆住），而且一次比一次追急，脚底下表现出不同情绪。王延龄和老薛保走的都是“老步”，但是王延龄位高望重，生活优裕，老而不衰；老薛保则是穷忙一生，双腿僵硬了。马连良演《三娘教子》，双膝微弯，横跨着走。这样弯腿弯了一整出戏，是要功夫的！

马连良很知道扬长避短。他年轻时调门很高，能唱《龙虎斗》这样的乙字调唢呐二簧。中年后调门降了下来。他高音不好，多在中音区使腔。《赵氏孤儿》鞭打公孙杵臼一场，他不能像余叔岩一样“白虎大堂奉了命”，“白虎”直拨而上，就垫了一个字：“在白虎”，也能“讨俏”。

对编剧艺术，他主张不要多唱。他的一些戏，唱得都不多。《甘露寺》只一段“劝千岁”，《群英会》主要只是“借风”一段二簧。《审头刺汤》除了两句散板，只有向戚继光唱的一段四平调；《胭脂宝褶》只有一段流水。在讨论新编剧本时他总是说：“这里不用唱，有几句白就行了。”他说，“不该唱而唱，比该唱而不唱，还要叫人难受。”我以为这是至理名言。现在新编的京剧大都唱得太多，而且每唱必长，作者笔下痛快，演员实在吃不消。

马连良在出台以前从来不在后台“吊”一段，他要喊两嗓子。他喊嗓子不像别人都是“啊——咿”，而是：“走咪！”我头一次听到直纳闷：走？走到哪儿去？

马连良知道观众来看戏，不只看他一个人，他要求全团演员都很讲究。他不惜高价，聘请最好的配角。对演员服装要求做到“三白”——白护领、白水袖、白靴底，连龙套都如此（在“私营班社”时，马剧团都发理发费，所有演员上场前必须理发）。他自己的服装都是按身材量制的，面料、绣活都得经他审定。有些盔头是他看了古画，自己琢磨出来的，如《赵氏孤儿》程婴的镂金的透空的员外巾。他很会配颜色。有一回赵燕侠要做服装，特地拉了他去选料子。现在有些剧装厂专给演员定制马派服装。马派服装的确比官中行头穿上要好看得多。

听谭富英听一个“痛快”。谭富英年轻时嗓音“没挡”，当时戏曲报刊都说他是“天赋佳喉”，而且，底气充足。一出《定军山》，“敌营打罢得胜的鼓哇呃”，一口气，高亮脆爽，游刃有余，不但剧场里“炸了窝”，连剧场外拉洋车的也一齐叫好，他的声音一直传到场外。“三次开弓新月样”“来来来带过爷的马能行”，同样是满堂的彩，从来没有“漂”过。说京剧唱词不通，都得举出“马能行”，然而《定军山》的“马能行”没法改，因为这里有一个很漂亮的花腔，“行”字是“脑后摘音”，改了即无此效果。

谭富英什么都快。他走路快。晚年了，我和他一起走，还是赶不上他。台上动作快（动作较小）。《定军山》出场简直是握着刀横蹿出来的。开打也快。“鼻子”“削头”，都快。“四记头”亮相，末锣刚落，他已经抬脚下场了。他的唱，“尺寸”也比别人快。他特别长于唱快板。《战太平》“长街”一场的快板，《斩马谡》见王平的快板都似脱线珍珠一样溅跳而出。快，而字字清晰劲健，没有一个字是“嚼”了的。五十年代，“挖掘传统”那阵，我听过一次他久已不演的《朱砂痣》，赞银子一段，“好宝贝！”一句短白，碰板起唱，张嘴就来，真“脆”。

我曾问过经验丰富、给很多名角挎过刀、艺术上很有见解的唱二旦的任志秋：“谭富英有什么好？”志秋说：“他像个老生。”我只能承认这是一句很妙的回答，很有道理。唱老生的的确有很多人不像老生。

谭富英为人恬淡豁达。他出科就红，可以说是一帆风顺，但他不和别人争名位高低，不“吃戏醋”。他和裘盛戎合组太平京剧团时就常让盛戎唱大轴，他知道盛戎正是“好时候”，很多观众是来听裘盛戎的。盛戎大轴《姚期》，他就在前面来一出《桑园会》（与梁小鸾合演）。这是一出“歇工戏”，他也乐得省劲。马连良曾约他合演《战长沙》，他的黄忠，马的关羽，黄忠是个配角，他同意了（这出戏筹备很久，我曾在后台见过制作得极精美的青龙偃月刀，不知因为什么未能排出，如果演出，那是会很好看的）。他曾在《秦香莲》里演过陈世美，在《赵氏孤儿》里演过赵盾。这本来都是“二路”演员的活。

富英有心脏病，到我参加北京京剧团后，就没怎么见他演出。但有时还到剧团来，和大家见见、聊聊。他没有架子，极可亲近。

他重病住院，用的药很贵重。到他病危时，拒绝再用，他说：“这种药留给别人用吧！”重人之生，轻己之死，如此高格，能有几人？

张君秋得天独厚，他的这副嗓子，一时无两：甜、圆、宽、润。他的发声极其科学，主要靠腹呼吸，所谓“丹田之气”。他不使劲地摩擦声带，因此声带不易磨损，耐久、“顶活”、长唱不哑。中国音乐学院有一位教师曾经专门研究张君秋的发声方法。这恐怕是很难的，因为发声是身体全方位的运动。他的气很足。我曾在广和剧场后台就近看他吊嗓子，他唱的时候，颈部两边的肌肉都震得颤动，可见其共鸣量有多大。这样的发声真如浓茶酽酒，味道醇厚。一般旦角发声多薄，近听很亮，但是不能“打远”“灌不满堂”。有别的旦角和他同台，一张嘴，就比下去了。

君秋在武汉收徒时曾说：“唱我这派，得能吃。”这不是开玩笑的话，君秋食量甚佳，胃口极好。唱戏的都是“饱吹饿唱”，君秋是吃饱了唱。演《玉堂春》，已经化好了妆，还来四十个饺子。前面崇公道高叫一声：“苏三走动啊！”他一抹嘴：“苦哇！”就上去了，“忽听得唤苏三……”在武汉，住璇宫饭店，每天晚上鳜鱼氽汤，二斤来重一条，一个人吃得干干净净。他和程砚秋一样，都爱吃炖肘子。（唱旦角的比君秋还能吃的，大概只有一个程砚秋。他在上海，到南市的老上海饭馆吃饭，“青鱼托肺”——青鱼的内脏，这道菜非常油腻，他一次要两只。在老正兴吃大闸蟹，八只！搞声乐的要能吃，这大概有点道理。）

君秋没有坐过科，是小时在家里请教师学的戏，从小就有一条好嗓子，搭班就红（他是马连良发现的），因此不大注意“身上”。他对学生说：“你学我，学我的唱，别学我的‘老斗身子’。”他也不大注意表演，但也不尽然。他的台步不考究，简直无所谓台步，在台上走而已，“大步量”，但是着旗装，穿花盆底，那几步走，真是雍容华贵，仪态万方。我还没有见过一个旦角穿花盆底有他走得那样好看的。我曾仔细看过他的《玉堂春》，发现他还是很会“做戏”的。慢板、二六、流水，每一句的表情都非常细腻，眼神、手势，很有分寸，很美，又很含蓄（一般旦角演玉堂春都嫌轻浮，有的简直把一个沦落风尘但不失天真的少女演成一个荡妇）。跪禀既久，站起来，腿脚麻木了，微蹲着，轻揉两膝，实在是楚楚动人。花盆底脚步，是经过苦练练出来的；《玉堂春》我想一定经过名师指点，一点一点“抠”出来的。功夫不负苦心人。君秋是有表演才能的，只是没有发挥出来。

君秋最初宗梅，又受过程砚秋亲传（程很喜欢他，曾主动给他说过戏，好像是《六月雪》，确否，待查）。后来形成了张派。张派是从梅派发展出来的，这大家都知道。张派腔里有程的东西，也许不大为人注意。

君秋的嗓子有一个很大的特点，非常富于弹性，高低收放，运用自如，特别善于运用“擞”。《秦香莲》的二六，低起，到“我叫叫一声杀了人的天”拔到旦角能唱的最高音，那样高，还能用“擞”，婉转回环，美听之至。他又极会换气，常在“眼”上偷换，不露痕迹，因此张派腔听起来缠绵不断，不见棱角。中国画讲究“真气内行”，君秋得之。

我和裘盛戎只合作过两个戏，一个《杜鹃山》，一个小戏《雪花飘》，都是现代戏。

我和盛戎最初认识是和他（还有几个别的人）到天津去看戏，好像就是《杜鹃山》。演员知道裘盛戎来看戏，都“铆上”了。散了戏，我们到后台给演员道辛苦，盛戎拙于言辞，但是他的态度是诚恳的、朴素的，他的谦虚是由衷的谦虚。他是真心实意地向人家学习来了。回到旅馆的路上，他买了几套煎饼馃子摊鸡蛋，有滋有味地吃起来。他咬着煎饼馃子的样子，表现了很喜悦的怀旧之情和一种天真的童心。盛戎睡得很晚，晚上他一个人盘腿坐在床上抽烟，一边好像想着什么事，有点出神，有点迷迷糊糊的，不知是为什么，我以后总觉得盛戎的许多唱腔、唱法、身段，就是在这么盘腿坐着的时候想出来的。

盛戎的身体早就不大好。他曾经跟我说过："老汪唉，你别看我外面还好，这里面——都娄啦（西瓜过熟，瓜瓤败烂，北京话叫作'娄了'）！"搞《雪花飘》的时候，他那几天不舒服，但还是跟着我们一同去体验生活。《雪花飘》是根据浩然同志的小说改编的，写的是一个看公用电话的老人的事。我们去访问了政协礼堂附近的一位送电话的老人。这家只有老两口。老头子六十大几了，一脸的白胡楂，还骑着自行车到处送电话。他的老伴很得意地说："头两个月他还骑着二八的车哪，这最近才弄了一辆二六的！"盛戎在这间屋里坐了好大一会儿，还随着老头子送了一个电话。

《雪花飘》排得很快，一个星期左右，戏就出来了。幕一打开，盛戎唱了四句带点马派味儿的散板：

打罢了新春六十七哟，

看了五年电话机。

传呼一千八百日，

舒筋活血，强似下棋！

我和导演刘雪涛一听，都觉得“真是这里的事儿！”

《杜鹃山》搞过两次。一次是一九六四年，一次是一九六九年，一九六九年那次我们到湘鄂赣体验了较长时期的生活。我和盛戎那时都是“控制使用”，他的心情自然不大好。那时强调军事化，大家穿了“价拨”的旧军大衣，背着行李，排着队。盛戎也一样，没有一点特殊。他总是默默地跟着队伍走，不大说话，但倒也不是整天愁眉苦脸的。我很能理解他的心情。虽然是“控制使用”，但还能“戴罪立功”，可以工作，可以演戏。我觉得从那时起，盛戎发生了一点变化，他变得深沉起来，盛戎平常也是个有说有笑的人，有时也爱逗个乐，但从那以后，我就很少见他有笑影了。他好像总是在想什么心事。用一句老戏词说：“满怀心腹事，尽在不言中。”他的这种神气，一直到他死，还深深地留在我的印象里。

那趟体验生活，是够苦的。南方的冬天比北方更难受。不生火，墙壁屋瓦都很单薄。那年的天气也特别，我们在安源过的春节，旧历大年三十，下大雪，同时却又打雷，下雹子，下大雨，一块儿来！盛戎晚上不再穷聊了，他早早就进了被窝。这老兄，他连毛窝都不脱，就这样连着毛窝睡了。但他还是坚持下来了，没有叫一句苦。

和盛戎合作，是非常愉快的。他很少对剧本提意见。他不是不当一回事，没有考虑过，或者提不出意见。盛戎文化不高，他读剧本是有点吃力的。但是他反复地读，盘着腿读。他读着，微微地摇着脑袋。他的目光有时从老花镜上面射出框外。他摇晃着脑袋，有时轻轻地发出一声：“唔。”有时甚至拍着大腿，大声喊叫：“唔！”

盛戎的领悟、理解能力非常之高。他从来不挑“辙口”，你写什么他唱什么。写《雪花飘》时，我跟他商量，这个戏准备让他唱“一七”，他沉吟着说：“哎呀，花脸唱闭口字……”我知道他这是“放傻”，就说：“你那《秦香莲》是什么辙？”他笑了：“‘一七’，好，唱，‘一七’！”盛戎十三道辙都响。有一出戏里有一个“灭”字，这是“乜斜”，“乜斜”是很不好唱的，他照样唱得很响，而且很好听。一个演员十三道辙都响，是很难得的。《杜鹃山》有一场“打长工”，他看到被他当作地主奴才的长工身上的累累伤痕，唱道：“他遍体伤痕都是豪绅罪证，我怎能在他的旧伤痕上再加新伤痕？”这是一段“二六”转“流水”，创腔的时候，我在旁边，说：“老兄，这两句你不能就这样‘数’了过去！唱到‘旧伤痕上’，得有个‘过程’，就像你当真看到，而且想到一样！”盛戎一听，说：“对！您听听，我再给您来来！”他唱到“旧伤痕上”时唱“散”了，下面加了一个弹拨乐器的单音重复的小“垫头”，“噔、噔、噔……”到“再加新伤痕”再归到原来的“尺寸”，而且唱得很强烈。当时参加创腔的唐在炘、熊承旭同志都说：“好极了！”

一九六九年本的《杜鹃山》原来有一大段《烤番薯》，写雷刚被困在山上断了粮，杜小山给他送来两个番薯。他把番薯放在篝火堆里烤着，番薯煳了，烤出了香气，他拾起番薯，唱道：“手握番薯全身暖，勾起我多少往事在心间……”他想起“我从小父母双亡讨米要饭，多亏了街坊邻舍问暖嘘寒”，他想起“大革命，造了反，几次探险在深山，每到有急和有难，都是乡亲接济咱。一块番薯掰两半，曾交深恩三十年！……到如今，山上来了毒蛇胆，杀人放火把父老摧残，我稳坐高山不去管，隔岸观火心怎安！……”（这剧本已经写了很多年，我手头无打印的剧本，词句全凭记忆追写，可能不尽准确。）创腔的同志对“一块番薯掰两半”不大理解，怕观众听不懂，盛戎说：“这有什么不好理解的？！‘一块番薯掰两半’，有他吃的就有我吃的！”他把这两句唱得非常感动人，头一句他“嘘”着一点唱，在想象，“曾受深恩”，“深恩”用极其深沉浑厚的胸音唱出，“三十年”一泻无余，跌宕不已。盛戎的这两句唱到现在还是绕梁三日，使我一想起就激动。这一段在后台被称为“烤白薯”，板式用的是“反二黄”。花脸唱“反二黄”虽非创举，当时还是很少见。盛戎后来得了病，他并不怎么悲观。他大概已经怀疑或者已经知道是癌症了，跟我说：“甭管它是什么，有病咱们瞧病！”他还想唱戏。有一度他的病好了一些，他还是想和我们把《杜鹃山》再搞出来（《杜鹃山》后来又写了一稿）。他为了清静，一个人搬到厢房里住，好看剧本。他死后，我才听他家里人说，他夜里躺在床上看剧本，曾经两次把床头灯的罩子烤着了。他病得很重了，有一次还用手在床头到处摸，他的夫人知道他要剧本。剧本不在手边，他的夫人就用报纸卷了一个筒子放在他手里，他这才平静下来。

他病危时，我到医院去看他。他的学生方荣翔引我到他的病床前，轻轻地叫醒他：“先生，有人来看你。”盛戎半睁开眼，荣翔问他：“您还认得吗？”盛戎在枕上微微点了点头，说了一个字：“汪”，随即流下了一大滴眼泪。

赵燕侠的发声部位靠前，有点近于评剧的发声。她的嗓音的特点是：清、干净、明亮、脆生。这样的嗓子可以久唱不败。她演的全本《玉堂春》《白蛇传》都是一人顶到底。唱多少句都不在乎。田汉同志看她的《白蛇传·合钵》一场加写了一大段和孩子哭别的唱词，李慕良设计的汉调二簧，她从从容容就唱完了。《沙家浜》“人一走，茶就凉”的拖腔，十四板，毫不吃力。

赵燕侠的吐字是一绝。她唱戏，可以不打字幕，每个字都很清楚，观众听得明明白白。她的观众多，和这点很有关系。田汉同志曾说：赵燕侠字是字，腔是腔，先把字报出来，再使腔，这有一定道理。都说京剧是“按字行腔”，实际情况并非如此。一句大腔，只有头几个音和字的调值是相合或接近的，后面的就不再有什么关系。如果后面的腔还是字音的延长，就会不成腔调。先报字，后行腔，自易清楚。当然“报”字还是唱出来的，不是念出来的。完全念出来的也有，我听谭富英说过，孙菊仙唱《奇冤报》“务农为本颇有家财”，“务农为本”就完全是用北京话念出来的。这毕竟很少。赵燕侠是先把字唱正了，再运腔，不使腔把字盖了。京剧的吐字还有件很麻烦的事，就是同时存在两个音系：湖广音和北京音。两个音乐随时打架。除了言菊朋纯用湖广音，其余演员都是湖广音、北京音并用。余叔岩钻研了一辈子京剧音韵，他的字音其实是乱的。马连良说他字音是“怎么好听怎么来”，我看只能如此。赵燕侠的字音基本上是北京音，所以易为观众接受（也有一些字是湖广音，如《白蛇传》的那段汉调。这段唱腔的设计者李慕良是湖南人，难免把他的乡音带进唱腔）。赵燕侠年轻时爱听曲艺，她大概从曲艺里吸收了不少东西，咬字是其一。北方的曲艺咬字是最清楚的。赵燕侠的吐字清楚，是大家都知道的，但是其中奥秘，还有待研究。

赵燕侠的戏是她的父亲“打”出来的，功底很扎实，腿功尤其好。《大英节烈》扳起朝天蹬，三起三落。“文化大革命”期间，我和她关在一个牛棚内。我们的“棚”在一座小楼上，只能放下一张长桌，几把凳子，我们只能紧挨着围桌而坐。坐在里面的人要出去，外面的就得站起让路。我坐在赵燕侠里面，要出去，说了声“劳驾”，请她让一让，这位赵老板没有站起来，“腾”的一下把一条腿抬过了头顶：“请！”前几年我遇到她，谈起这回事，问她：“您现在还能把腿抬得那样高吗？”

她笑笑说："不行了！"我想再练练功，她许还行。

赵燕侠快六十了，还能唱，嗓子还那么好。

吴雨僧先生二三事

吴宓（雨僧）先生相貌奇古。头顶微尖，面色苍黑，满脸刮得铁青的胡子，有学生形容他的胡子之盛，说是他两边脸上的胡子永远不能一样：刚刮了左边，等刮右边的时候，左边又长出来了。他走路很快，总是提了一根很粗的黄藤手杖。这根手杖不是为了助行，而是为了矫正学生的步态。有的学生走路忽东忽西，挡在吴先生的前面，吴先生就用手杖把他拨正。吴先生走路是笔直的，总是匆匆忙忙的。他似乎没有逍遥闲步的时候。

吴先生是西语系的教授。他在西语系开了什么课我不知道。他开的两门课是外系学生都可以选读或自由旁听的。一门是“中西诗之比较”，一门是“红楼梦”。

“中西诗之比较”第一课我去旁听了。不料他讲的第一首诗却是：

一去二三里，
烟村四五家。
楼台六七座，
八九十枝花。

吴先生认为这种数字的排列是西洋诗所没有的。我大失所望，认为这讲得未免太浅了，以后就没有再去听，其实讲诗正应该这样：由浅入深。数字入诗，确也算得是中国诗的一个特点。骆宾王被人称为“算博士”。杜甫也常以数字为对，如“两个黄鹂鸣翠柳，一行白鹭上青天。窗含西岭千秋雪，门泊东吴万里船”。吴先生讲课这样的“卑之勿甚高论”，说明他治学的朴实。

“红楼梦”是很“叫座”的，听课的学生很多，女生尤其多。我没有去听过，但知道一件事。他一进教室，看到有些女生站着，就马上出门，到别的教室去搬椅子。联大教室的椅子是不固定的，可以搬来搬去。吴先生以身作则，听课的男士也急忙蜂拥出门去搬椅子。到所有女生都已坐下，吴先生才开讲。吴先生讲课内容如何，不得而知。但是他的行动，很能体现“贾宝玉精神”。

文林街和府甬道拐角处新开了一家饭馆，是几个湖南学生集资开的，取名“潇湘馆”，挂了一个招牌。吴先生见了很生气，上门向开馆子的同学抗议：林妹妹的香闺怎么可以作为一个饭馆的名字呢！开饭馆的同学尊重吴先生的感情，也很知道他执拗的脾气，就提出一个折中的方案，加一个字，叫作“潇湘饭馆”。吴先生勉强同意了。

听说陈寅恪先生曾说吴先生是《红楼梦》里的妙玉，吴先生以为知己。这个传说未必可靠，也许是哪位同学编出来的。但编造得颇为合理，这样的编造安在陈先生和吴先生的头上，都很合适。

吴先生长期过着独身生活，吃饭是“打游击”。他经常到文林街一家小饭馆去吃牛肉面。这家饭馆只有一间门脸，卖的也只是牛肉面。小饭馆的老板很尊重吴先生。抗战期间，物价飞涨，小饭馆随时要调整价目。每次涨价，都要征得吴先生同意。吴先生听了老板说明涨价的理由，把老的价目表撤下，在一张红纸上用毛笔正楷写一张新的价目表贴在墙上：炖牛肉多少钱一碗，牛肉面多少钱一碗，净面多少钱一碗。

抗战胜利，三校（西南联大是清华、北大、南开联合起来的）复员，不知道为什么吴先生没有回清华（他是“老清华”了），我就没有再见到吴先生。有一阵谣传他在四川出了家，大概是因为他字“雨僧”而附会出来的。后来打听到他辗转在武汉大学、香港大学教书，最后落到北碚师范学院。“文化大革命”中挨斗挨得很厉害。罪名之一是他曾是“学衡派”，被鲁迅骂过。这是一篇老账了，不知道造反派怎么翻了出来。他在挨斗中跌断了腿。他不能再教书，一个月只能领五十元生活费。他花三十七块钱雇了一个保姆，只剩下十三块钱，实在是难以度日，后来他回到陕西，死在老家。吴先生可以说是穷困而死。一个老教授，落得如此下场，哀哉！

铁凝印象

“我对给他人写印象记一直持谨慎态度，我以为真正理解一个人是困难的，通过一篇短文便对一个人下结论更显得滑稽。”[1]铁凝说得很对。我接受了让我写写铁凝的任务，但是到快交卷的时候，想了想，我其实并不了解铁凝，也没有更多的时间温习一下一些印象的片段，考虑考虑。文章发排在即，只好匆匆忙忙把一枚没有结熟的“生疙瘩”送到读者面前——张家口一带把不熟的果叫作“生疙瘩”。

四次作代会期间，有一位较铁凝年长的作家问铁凝：“铁

[1]《铁凝文集·5·写在卷首》。

凝，你是姓铁吗？”她正儿八经地回答：“是呀。”这是一点小狡狯。她不姓铁，姓屈，屈原的屈。我不知道她为什么不告诉那年纪稍长的作家实话。姓屈，很好嘛！她父亲作画署名“铁扬”，她们姐妹就跟着一起姓起铁来。铁凝有一个值得叫人羡慕的家庭，一个艺术的家庭。铁凝是在一个艺术的环境中长大的。铁扬是个“不凡”的画家——铁凝拿了我在石家庄写的大字对联给铁扬看，铁扬说了两个字：“不凡。”我很喜欢这个高度概括，无可再简的评语，这两个字我可以回赠铁扬，也同样可以回赠他的女儿。铁凝的母亲是教音乐的。铁扬夫妇更叫人羡慕的，因他们生了铁凝这样的女儿。“生子当如孙仲谋”，生女当如屈铁凝。上帝对铁扬一家好像特别钟爱。且不说别的，铁凝每天要供应父亲一瓶啤酒。一瓶啤酒，能值几何？但是倒在啤酒杯里的是女儿的爱！

上帝在人的样本里挑了一个最好的，造成了铁凝，又聪明，又好看。四次作代会之后，作协组织了一场晚会，让有模有样的作家登台亮相。策划这场晚会的是疯疯癫癫的张辛欣和《人民文学》的一个胖胖乎乎的女编辑，对不起，我忘了她叫什么。二位一致认为，一定得让铁凝出台。那位小胖子也是小疯子的编辑说："女作家里，我认为最漂亮的是铁凝！"我准备投她一票，但我没有表态，因为女作家选美，不干我这大老头什么事。

铁凝长得不高不矮，不胖不瘦，两腿修长，双足秀美，行步动作都很矫健轻快。假如要用最简练的语言形容铁凝的体态，只有两个最普通的字：挺拔。她面部线条清楚，不是圆乎乎的像一颗大香白杏儿。眉浓而稍直，眼亮而略狭长。不论什么时候都是精精神神、清清爽爽的，好像是刚刚洗了一个澡。我见过铁凝的一些照片，她的照片大致可分为两类：一类是露齿而笑的。不是"巧笑倩兮"那样自我欣赏也叫人欣赏的"巧笑"，而是坦率真诚、胸无渣滓的开怀一笑。一类是略带忧郁的沉思。大概这是同时写在她的眉宇间的性格的两个方面。她有时表现出有点像英格丽·褒曼的气质，天生的纯净和高雅。有一张放大的照片，梳着蓬松的鬈发（铁凝很少梳这样的发型），很像费雯丽。我当面告诉铁凝，铁凝笑了，说："又说我像费雯丽，你把我越说越美了。"她没有表示反对。但是铁凝不是英格丽·褒曼，也不是费雯丽，铁凝就是铁凝，世间只有一个铁凝。

铁凝胆子很大。我没想到她爱玩枪，而且枪打得不错。她大概也敢骑马！她还会开汽车。在她挂职到涞水期间，有一次乘车回涞水，从驾驶员手里接过方向盘，呼呼就开起来。后排坐着两个干部，一个歪着脑袋睡着了，另一个推醒了他，说："快醒醒！你知道谁在开车吗？铁凝！"睡着了的干部两眼一睁，睡意全消。把性命交到这么个姑奶奶手上，那可太玄乎了！她什么都敢干。她写东西也是这样：什么都敢写。

铁凝爱说爱笑。她不是腼腆的，不是矜持渊默的，但也不是家雀一样叽叽喳喳，啃起来没个完。有一次我说了一个嘲笑河北人的有点粗俗的笑话：一个保定老乡到北京，坐电车，车门关得急，把他夹住了。老乡大叫："夹住俺腚了！夹住俺腚了！"售票员问："怎么啦？""夹住俺腚了！"售票员明白了，说："北京这不叫腚。""叫什么？""叫屁股。""哦！""老大爷你买票吧。您到哪儿呀？""安屁股门！"铁凝大笑，她给续了一段："车开了，车上人多，车门被挤开了，老乡被挤下去了，'哦，自动的！'"铁凝很有幽默感。这在女作家里是比较少见的。

关于铁凝的作品，我不想多谈，因为我只看过一部分，没有时间通读一遍。就印象言，铁凝的小说也可以大致分为两类：一类《哦，香雪》一样清新秀润的。“清新”二字被人用滥了，其实这是很不容易做到的。河北省作家当得起“清新”二字的，我看只有两个人，一是孙犁，一是铁凝。这一类作品抒情性强，笔下含蓄。另一类，则是社会性较强的，笔下比较老辣。像《玫瑰门》里的若干章节，“生吃大黄猫”，下笔实可谓带着点残忍，惊心动魄。王蒙深为铁凝丢失了清新而惋惜，我见稍有不同。现实生活有时是梦，有时是严酷的、粗粝的。对粗粝的生活只能用粗粝的笔触写之。即便是女作家，也不能一辈子只是写“女郎诗”。我以为铁凝小说有时亦有男子气，这正是她在走向成熟的路上迈出的坚实的一步。

我很希望能和铁凝相处一段时间，仔仔细细读一遍她的全部作品，好好地写一写她，但是恐怕没有这样的机遇。而且一个人感觉到有人对她跟踪观察，便会不自然起来。那么到哪儿算哪儿吧。

林斤澜！哈哈哈哈

林斤澜这个名字很怪。他原名庆澜，意思是庆祝河水安澜，大概生他那年他们家乡曾遭过一次水灾，后来水退了。不知从哪年，他自己改名“斤澜”。我跟他说过，“斤澜”没讲，他也说：“没讲！”他们家的人名字都有点怪。夫人叫“古叶”，女儿叫“布谷”。大概都是他给起的。斤澜好怪，好与众不同。他的《矮凳桥风情》里有三个女孩子，三姐妹叫笑翼、笑耳、笑杉。小城镇哪里会有这样的名字呢？我琢磨了很久，才恍然大悟：原来只是小一、小二、小三。笑翼的妈妈给儿女起名字时不会起这样的怪名字的，这都是林斤澜搞的鬼。夏尚质，周尚文，林尚怪。林斤澜被称为“怪味葫豆”，罪有应得。

斤澜曾患心脏病，三十岁就得过一次心肌梗死。后来又得过一次，但都活下来了。六十岁时他就说过他活得已经够了本，再活就是白饶。斤澜的身体不算好，但他不在乎。我这些年出外旅游，总是“逢高不上，遇山而止”，斤澜则是有山就爬。他慢条斯理地，一步一步地走，还误不了看山看水，结果总是他头一个到山顶。一览众山小，笑看众头低。他应该节制饮食，但是他不，每有小聚，他都谈笑风生，饮啖自若。不论是黄酒、白酒、葡萄酒、啤酒，全都招呼。最近有一次，他同时喝了三种酒。人常说酒喝杂了不好，斤澜说：“没事！”斤澜爱吃肉。“三天不吃肉就觉得难受。”他吃肉不讲究部位，冰糖肘子、腌笃鲜、蒜泥白肉，都行。他爱吃猪头肉，尤其爱吃“拱嘴”——猪鼻子，以为乃人间之“大美”。他是温州人，说起生吃海鲜，眉飞色舞。吃海鲜，喝黄酒，嘿！不过温州的“老酒汗”（黄酒再蒸一次），我实在喝不出好来。温州人还有一种喝法，在黄酒里加鸡蛋，煮热，这算什么酒！斤澜的吃喝是很平民化的。我和他曾在屯溪街头一小吃店的檐下，就一盘煮螺蛳，一人喝了两瓶加饭。他爱吃豆腐，老豆腐、嫩豆腐、毛豆腐、臭豆腐，都好。煎炒煮炸，都好。我陪他在乐山小饭馆吃了乡坝头上的菜豆花，好！

斤澜的生活是很平民化的。他不爱洗什么桑拿浴，愿意在澡堂的大池子里（水很烫）泡一泡，泡得大汗淋漓，浑身作嫩红色。他大概是有几身西服的，但我从未见过他穿了整齐的套服，打了领带。他爱穿夹克，里面是条纹格子衬衫。衬衫就是街上买的，棉料的多，颜色倒是不怕花哨。

斤澜的平民化生活习惯来自他对生活的平民意识。这种平民意识当然会渗入他的作品中。

斤澜的哈哈笑是很有名的。这是他的保护色。斤澜每遇有人提到某人、某事，不想表态，就把提问者的原话重复一次，然后就殿以哈哈的笑声。“×××，哈哈哈哈……”“这件事，哈哈哈哈……”把想要从口中掏出他的真实看法的新闻记者之类的人弄得莫名其妙，斤澜这种使人摸不着头脑、抓不住尾巴的笑声，使他摆脱了尴尬，而且得到一层安全的甲壳。在反右派运动中，他就是这样应付过来的。林斤澜不被打成右派，是无天理，因此我说他是“漏网右派”，他也欣然接受。

斤澜极少臧否人物，但是是非清楚，爱憎分明。他一直在北京市文联工作，对市文联的领导、一般干部的遗闻轶事了如指掌。比如老舍挨斗，是他亲眼所见、亲耳所闻，揭发批判老舍的人是赖也赖不掉的。他觉得萧军有骨头有侠气，真是一条汉子。红卫兵想要萧军低头认罪，萧军就是不低头，两腿直立，如同生了根。萧军没有动手，他说：“我要是一动手，七八个小青年就得趴下。”红卫兵斗骆宾基，萧军说：“你们谁敢动骆宾基一根毫毛！”京剧演员荀慧生病重，是萧军背着他上车的。“文革”后，文联作协批斗浩然，斤澜听着，忽然大叫：“浩然是好人哪！”当场昏厥。斤澜平时似很温和，总是含笑看世界，但他的感情是非常强烈的。

斤澜对青年作家（现在都已是中年了）是很关心的。对他们的作品几乎一篇不落地都看了，包括一些评论家的不断花样翻新，用一种不中不西、稀里古怪的语言所写的论文。他看得很仔细，能用这种古怪语言和他们对话。这一点，他比我强得多。

林斤澜！哈哈哈哈……

第三章

闲话春秋

我的家乡

法国人安妮·居里安女士听说我要到波士顿，特意退了机票，推迟了行期，希望和我见一面。她翻译过我的几篇小说。我们谈了约一个小时，她问了我一些问题。其中一个是，为什么我的小说里总有水？即使没有写到水，也有水的感觉。这个问题我以前没有意识到过。是这样。这是很自然的。我的家乡是一个水乡，我是在水边长大的，耳目之所接，无非是水。水影响了我的性格，也影响了我的作品的风格。

我的家乡高邮在京杭大运河的下面。我小时候常到运河堤上去玩（我的家乡把运河堤叫作“上河堆”或“上河埫”。“埫”

字一般字典上没有，可能是家乡人造出来的字，音淌。“堆”当是“堤”的声转）。我读的小学的西面是一片菜园，穿过菜园就是河堤。我的大姑妈（我们那里对姑妈有个很奇怪的叫法，叫“摆摆”，别处我从未听过有此叫法）的家，出门西望，就看见爬上河堤的石级。这段河堤有石级，因为地名“御码头”，康熙或乾隆曾在此泊舟登岸（据说御码头夏天没有蚊子）。运河是一条“悬河”，河底比东堤下的地面高，据说河堤和城墙垛子一般高。站在河堤上，可以俯瞰堤下的街道房屋。我们几个同学，可以指认哪一处的屋顶是谁家的。城外的孩子放风筝，风筝在我们的脚下飘。城里人家养鸽子，鸽子飞起来，我们看到的是鸽子的背。几只野鸭子贴水飞向东，过了河堤，下面的人看见野鸭子飞得高高的。

我们看船。运河里有大船。上水的船多撑篙。弄船的脱光了上身，使劲把篙子梢头顶在肩窝处，在船侧窄窄的舷板上，从船头一步一步走向船尾。然后拖着篙子走回船头，欻的一声把篙子投进水里，扎到船底，又顶篙子，一步一步走向船尾。如是往复不停。大船上用的船篙甚长而极粗，篙头如饭碗大，有锋利的铁尖。使篙的通常是两个人，船左右舷各一人；有时只有一个人，在一边。这条船的水程，实际上是他们用脚一步一步走出来的。这种船多是重载，船帮吃水甚低，几乎要浸到船板上来。这些撑篙男人都极精壮，浑身作古铜色。他们是不说话的，大都眉棱很高，眉毛很重。因为长年注视着滚动的水，故目光清明坚定。这些大船常有一个舵楼，住着船老板的家眷。船老板娘子大都很年轻，一边扳舵，一边敞开怀奶孩子，态度悠然。舵楼大都伸出一支竹竿，晾晒着衣裤，风吹着啪啪作响。

看打鱼。在运河里打鱼的多用鱼鹰。一般都是两条船，一船八只鱼鹰，有时也会有三条、四条，排成阵势。鱼鹰栖在木架上，精神抖擞，如同临战状态。打鱼人把篙子一挥，这些鱼鹰就噼噼啪啪，纷纷跃进水里。只见它们一个猛子扎下去，眨眼工夫，有的就叼一条鳜鱼上来——鱼鹰似乎专逮鳜鱼。打鱼人解开鱼鹰脖子上的金属的箍（鱼鹰脖子上都有一道箍，否则它就会把逮到的鱼吞下去），把鳜鱼扔进船舱，奖给它一条小鱼，它就高高兴兴、心甘情愿地又跳进水里去了。有时两只鱼鹰合力抬起一条大鳜鱼上来，鳜鱼还在挣蹦，打鱼人已经一手捞住了。这条鳜鱼够四斤！这真是一个热闹场面。看打鱼的、看鱼鹰的，都很兴奋激动，倒是打鱼人显得十分冷静，不动声色。

远远地听见砰砰砰砰的响声，那是在修船、造船。砰砰的声音是斧头往船板里敲钉。船体是空的，故声音传得很远。待修的船翻扣过来，底朝上。这只船辛苦了很久，它累了，它正在休息。一只新船造好了，油了桐油，过两天就要下水了。看看崭新的船，叫人心里高兴——生活是充满希望的。船场附近照例有打船钉的铁匠炉，叮叮当当。有碾石粉的碾子，石粉是填船缝用的。有卖牛杂碎的摊子。卖牛杂碎的是山东人。这种摊子上还卖锅盔（一种很厚很大的面饼）。

有时我们到西堤去玩。我们那里的人都叫它西湖。湖很大，一眼望不到边。很奇怪，我竟没有在湖上坐过一次船。湖西还有一些村镇。我知道一个地名，菱塘桥，想必是个大镇子。我喜欢菱塘桥这个地名，引起我的向往，但我不知道菱塘桥是什么样子。湖东有的村子，到夏天，就把耕牛送到湖西去歇伏。我所住的东大街上，那几天就不断有成队的水牛在大街上慢慢地走过。牛过后，留下很大的一堆一堆牛屎。听说湖西凉快，而且湖西有茭草，牛吃了会消除劳乏，恢复健壮。我于是想象湖西是一片碧绿碧绿的茭草。

高邮湖中，曾有神珠。沈括《梦溪笔谈》载：

嘉祐中，扬州有一珠甚大，天晦多见，初出于天长县陂泽中，后转入甓射湖，又后乃在新开湖中，凡十余年，居民行人常常见之。余友人书斋在湖上，一夜忽见其珠甚近，初微开其房，光自吻中出，如横一金线，俄顷忽张壳，其大如半席，壳中白光如银，珠大如拳，灿烂不可正视。十余里间林木皆有影，如初日前照，远处但见天赤如野火，倏然远去，其行如飞，浮于波中，杳杳如日。古有明月之珠，此珠色不类月，荧荧有芒焰，殆类日光。崔伯易尝为《明珠赋》。伯易高邮人，盖常见之。近岁不复出，不知所往。樊良镇正当珠往来处，行人至此，往往维船数宵以待观，名其亭为“玩珠”

这就是“秦邮八景”的第一景“甓射珠光”。沈括是很严肃的学者，所言凿凿，又生动细致，似乎不容怀疑。这是个什么东西呢？是一颗大珠子？嘉祐到现在也才九百多年，已经不可究诘了。高邮湖亦称珠湖，以此。我小时学刻图章，第一块刻的就是“珠湖人”，是一块肉红色的长方形图章。

湖通常是平静的，透明的。这样一片大水，浩浩渺渺（湖上常常没有一只船），让人觉得有些荒凉，有些寂寞，有些神秘。

黄昏了。湖上的蓝天渐渐变成浅黄、橘黄，又渐渐变成紫色，很深很深的紫色。这种紫色使人深深感动。我永远忘不了这样的紫色的长天。

闻到一阵阵炊烟的香味。停泊在御码头一带的船上正在烧饭。

一个女人高亮而悠长的声音：

“二丫头……回来吃晚饭来……”

像我的老师沈从文常爱说的那样，这一切真是一个圣境。

高邮湖是悬湖。湖面，甚至有的地方的湖底，比运河东面的地面都高。

湖是悬湖，河是悬河，我的家乡随处在大水的威胁之中。翻开县志，水灾接连不断。我所经历过的最大的一次水灾，是民国二十年。

这次水灾是全国性的。事前已经有了很多征兆。连降大雨，西湖水位增高，运河水平了槽，坐在河堤上可以“踢水洗脚”。有很多“瘆人”的不祥的现象。天王寺前，虾蟆爬在柳树顶上叫。老人们说：虾蟆在多高的地方叫，大水就会涨得多高。我们在家里的天井里躺在竹床上乘凉，忽然扑啦一声，从阴沟里蹦出一条大鱼！运河堤上，龙王庙里香烛昼夜不熄。七公殿也是这样。大风雨的黑夜里，人们说是看见“耿庙神灯”了。耿七公是有这个人的，生前为人治病施药，风雨之夜，他就在家门前高旗杆上挂起一串红灯，在黑暗的湖里打转的船，奋力向红灯划去，就能平安到岸。他死后，红灯还常在浓云密雨中出现，这就是“耿庙神灯”——“秦邮八景”中的一景。耿七公是渔民和船民的保护神，渔民称之为“七公老爷”。渔民每年要做会，谓之七公会。神灯是美丽的，但同时也给人一种神秘恐怖感。阴历七月，西风大作，店铺都预备了高挑灯笼——长竹柄，一头用火烧弯如钩状，上悬一个灯笼，轮流值夜巡堤。告警锣声不断。本来平静的水变得暴怒了。一个浪头翻上来，会把东堤石工的丈把长的青石掀起来。看来堤是保不住了。终于，我记得是七月十三（可能记错），倒了口子。我们那里把决堤叫作倒口子。西堤四处，东堤六处。湖水涌入运河，运河水直灌堤东。顷刻之间，高邮成为泽国。

我们家住进了竺家巷一个茶馆的楼上（同时搬到茶馆楼上

的还有几家），巷口外的东大街成了一条河，“河”里翻滚着箱箱柜柜、死猪死羊。“河”里行了船，会水的船家各处去救人（很多人家爬在屋顶上、树上）。

约一星期后，水退了。

水退了，很多人家的墙壁上留下了水印，高及屋檐。很奇怪，水印怎么擦洗也擦洗不掉。全县粮食几乎颗粒无收。我们这样的人家还不致挨饿，但是没有菜吃。老是吃慈姑汤，很难吃。比慈姑汤还要难吃的是芋头梗子做的汤，日本人爱喝芋梗汤，真不可理解。大水之后，百物皆一时生长不出，唯有慈姑芋头却是丰收！我在小学教务处的地上发现几个特大的蚂蟥，缩成一团，有拳头大，怎么踩也踩不破！

我小时候，从早到晚，一天没有看过河水的日子，几乎没有。我上小学，倘不走东大街而走后街，是沿河走的。上初中，如果不从城里走，走东门外，则是沿着护城河。出我家所在的巷口的南头，是越塘。出巷北，往东不远，就是大淖。我在小说《异秉》中所写的老朱，每天要到大淖去挑水，我就跟着他一起去玩。老朱真是个忠心耿耿的人，我很敬重他。他下水把水桶弄满（他两腿都是筋疙瘩——静脉曲张），我就拣选平薄的瓦片打水漂。我到一沟、二沟、三垛，都是坐船。到我的小说《受戒》所写的庵赵庄去，也是坐船。我第一次离家去外地读高中，也是坐船——轮船。

水乡极富水产。鱼之类，乡人所重者为鳊、白、鲚（鲚花鱼即鳜鱼）。虾有青白两种。青虾宜炒虾仁，呛虾（活虾酒醉生吃）则用白虾。小鱼小虾，比青菜便宜，是小户人家佐餐的恩物。小鱼有名“罗汉狗子”“猫杀子”者很好吃。高邮湖蟹甚佳，以作醉蟹，尤美。高邮的大麻鸭是名种。我们那里八月中秋兴吃鸭，馈送节礼必有公母鸭成对。大麻鸭很能生蛋。腌制后即为著名的高邮咸蛋。高邮鸭蛋双黄者甚多。江浙一带人见面问起我的籍贯，答云高邮，多肃然起敬，曰：“你们那里出咸鸭蛋。”好像我们那里就只出咸鸭蛋似的！

我的家乡不只出咸鸭蛋。我们还出过秦少游，出过散曲作家王磐，出过经学大师王念孙、王引之父子。

县里的名胜古迹最出名的是文游台。这是秦少游、苏东坡、孙莘老、王定国文酒游会之所。台基在东山（一座土山）上，登台四望，眼界空阔。我小时凭栏看西面运河的船帆露着半截，在密密的杨柳梢头后面缓缓移动，觉得非常美。有一座镇国寺塔，是个唐塔，方形。这座塔原在陆上，运河拓宽后，为了保存这座塔，留下塔的周围的土地，成了运河当中的一个小岛。镇国寺我小时还去玩过，是个不大的寺。寺门外有一堵紫色的石制照壁，这堵照壁向前倾斜，却不倒。照壁上刻着海水，故名水照壁。寺内还有一尊肉身菩萨的坐像，是一个和尚坐化后漆成的。寺不知毁于何时。另外还有一座净土寺塔，明代修建。我们小时候记不住什么镇国寺、净土寺，因其一在西门，名之为西门宝塔；一在东门，便叫它东门宝塔。老百姓都是这么叫的。

全国以邮字为地名的，似只高邮一县。为什么叫作高邮？因为秦始皇曾在高处建邮亭。高邮是秦王子婴的封地，至今还有一条河叫子婴河，旧有子婴庙，今不存。高邮为秦代始建，故又名秦邮。外地人或以为这跟秦少游有什么关系，没有。

食道旧寻

《学人谈吃》，我觉得这个书名有点讽刺意味。学人是会吃，且善于谈吃的。中国的饮食艺术源远流长，千年不坠，和学人的著述是有关系的。现存的古典食谱，大都是学人的手笔。但是学人一般比较穷，他们爱谈吃，但是不大吃得起。

抗日战争以前，学人的生活相当优裕，大学教授一个月可以拿到三四百元，有的教授家里是有厨子的。抗战以后，学人生活一落千丈。我认识一些学人正是在抗战以后。我读的大学是西南联大，西南联大是名教授荟萃的学府。这些教授肚子里有学问，却少油水。昆明的一些名菜，如“培养正气”的汽锅鸡、东月楼的锅贴乌鱼、映时春的油淋鸡、新亚饭店的过油肘子、小西门马家牛肉馆的牛肉、甬道街的红烧鸡塅……能够偶尔一吃的，倒是一些“准学人”——学生或助教。这些准学人两肩担一口，无牵无挂，有一点钱——那时的大学生大都在校外兼职，教中学、当家庭教师、做会计……不时有微薄的薪水，多是三朋四友，一顿吃光。

教授们有家，有妻儿老小，当然不能这样的放诞。有一位名教授，外号“二云居士”，谓其所嗜之物为云土与云腿，我想这不可靠。走进大西门外凤翥街的本地馆子里，一屁股坐下来，毫不犹豫地先叫一盘“金钱片腿”的，只有赶马的马锅头，而教授只能看看。唐立厂（兰）先生爱吃干巴菌，这东西是不贵的，但必须有瘦肉、青辣椒同炒，而且过了雨季，鲜干巴菌就没有了，唐先生也不能老吃。沈从文先生经常在米线店就餐，巴金同志的《怀念从文》中提到：“我还记得在昆明一家小饮食店里几次同他相遇，一两碗米线作为晚餐，有西红柿，还有鸡蛋，我们就满足了。”这家米线店在文林街他的宿舍对面，我就陪沈先生吃过多次米线。

文林街上除了米线店，还有两家卖牛肉面的小馆子。西边那一家有一位常客，是吴雨僧（宓）先生。他几乎每天都来。老板和他很熟，也对他很尊敬。那时物价以惊人的速度飞涨，牛肉面也随时要涨价。每涨一次价，老板都得征求吴先生的同意。吴先生听了老板的陈述，认为有理，就用一张红纸，毛笔正楷，写一张新定的价目表，贴在墙上。穷虽穷，不废风雅。

云南大学成立了一个曲社，定期举行“同期”。参加拍曲的有陶重华（光）、张宗和、孙凤竹、崔芝兰、沈有鼎、吴征镒诸先生，还有一位在民航公司供职的许茹香老先生。“同期”后多半要聚一次餐。所谓“聚餐”，是到翠湖边一家小铺去吃一顿馅饼，费用公摊。不到吃完，账已经算得一清二楚，谁该多少钱。掌柜的直纳闷，怎么算得这么快？他不知道算账的是许宝騄先生。许先生是数论专家，这点小九九还在话下！许家是昆曲世家，他的曲子唱得细致规矩是不难理解的，从俞平伯先生文中，我才知道他的字也写得很好。

昆明的学人清贫如此，重庆、成都的学人也好不到哪里去。我在观音寺一中学教书时，于金启华先生壁间见到胡小石先生写给他的一条字，是胡先生自作的有点打油味道的诗。全诗已

无事此静坐，一日当两日

忘，前面说广文先生如何如何，有一句我是一直记得的："斋钟顿顿牛皮……"牛皮菜即菾菜，茎叶可炒食或做汤，北方叫作"根头……吃，但是顿顿吃牛皮菜，是会叫人"嘴里……

……大红楼寄住过半年，和学……时要好一些，但很少于吃……我没有听说有哪几位教授在……逸。北大附近只有松公府夹道……李一氓同志文中提到过许倩云、……而菜精。李一氓同志说是这家的菜……以比较。除了鱼香肉丝、炒回锅肉、……一直记得这家的泡菜特别好吃，而且是……是个矮胖子，他的儿子也上灶。不知为了……后来闹翻了。常到这里来吃的，以助教、讲师为多，教……是很少来的。除了这家四川馆，红楼附近只有两家小饭铺，卖筋面炒饼，还有一种叫作"炒和菜戴帽"或"炒和菜盖被窝"的菜，菠菜炒粉条，上面摊一层薄薄的鸡蛋盖住。从大学附近饭铺的菜蔬，可以大体测量出学人和准学人的生

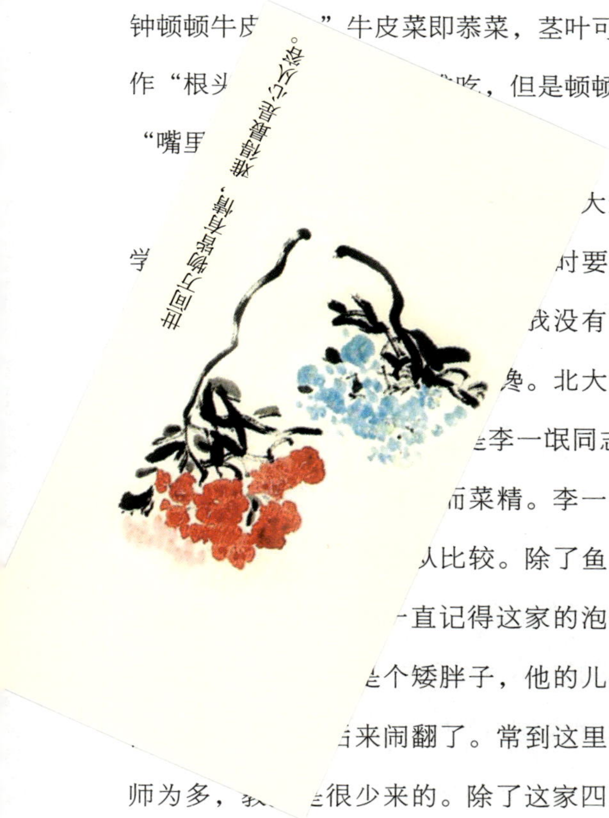

活水平。

教授、讲师、助教忽然阔了一个时期。国民党政府改革币制，从法币改为金元券，这一下等于增加薪水十倍。于是，我们几乎天天晚上到东安市场去吃。吃森隆、五芳斋的时候少，常吃的是“苏造肉”——猪肉及下水加砂仁、豆蔻等药料共煮一锅，吃客可以自选一两样，由大师傅夹出，剁块，和黄宗江在《美食随笔》里提到的言慧珠请他吃过的爆肚和白汤杂碎一样。东安市场的爆肚真是一绝，脆，嫩，绝对干净，爆散丹、爆肚仁都好。白汤杂碎，汤是雪白的。可惜好景不长，阔也就是阔了一个月光景。金元券贬值，只能依旧回沙滩吃炒和菜。

教授很少下馆子。他们一般都在家里吃饭，偶尔约几个朋友小聚，也在家里。教授夫人大都会做菜。我的师娘，三姐张兆和是会做菜的。她做的八宝糯米鸭，酥烂入味，皮不破，肉不散，是个杰作。但是她平常做的只是家常炒菜。四姐张充和多才多艺，字写得极好，曲子唱得极好，我们在昆明曲会学唱的《思凡》就是用的她的腔，曾听过她的《受吐》的唱片，真是细腻婉转；她善写散曲，也很会做菜。她做的菜我大都忘了，只记得她做的“十香菜”。“十香菜”，苏州人过年吃的常菜耳，只是用十种咸菜丝，分别炒出，置于一盘。但是充和所制，切得极细，精致绝伦，冷冻之后，于鱼肉饫饱之余上桌，拈箸入口，香留齿颊！

一九四九年后我在北京市文联工作过几年。那时文联编着两个刊物：《北京文艺》和《说说唱唱》，每月有一点编辑费。编辑费都是吃掉。编委、编辑，分批开向饭馆。那两年，我们几乎把北京的有名的饭馆都吃遍了。预订包桌的时候很少，大都是临时点菜。“主点”的是老舍先生，亲笔写菜单的是王亚平同志。有一次，菜点齐了，老舍先生又斟酌了一次，认为有一个菜不好，不要，亚平同志掏出笔来在这道菜四边画了一个方框，又加了一个螺旋形的小尾巴。服务员接过菜单，端详了一会儿，问：“这是什么意思？”亚平真是个老编辑，他把校对符号用到菜单上来了！

老舍先生好客，他每年要把文联的干部约到家里去喝两次酒。一次是菊花开的时候，赏菊；一次是腊月二十三，他的生日。菜是地道老北京的味儿，很有特点。我记得很清楚的是芝麻酱炖黄花鱼，是一道汤菜。我以前没有吃过这个菜，以后也没有吃过。黄花鱼极新鲜，而且是一般大小，都是八寸。装这个菜得一个特制的器皿——瓷盦子，即周壁直上直下的那么一个家伙。这样黄花鱼才能一条一条顺顺溜溜平躺在汤里。若用通常的大海碗，鱼即会拗弯甚至断碎。老舍夫人胡絜青同志善做“芥末墩”，我以为是天下第一。有一次老舍先生宴客的是两个盒子菜。盒子菜已经绝迹多年，不知他是从哪一家订来的。那种里面分隔的填雕的朱红大圆漆盒现在大概也找不到了。

学人中有不少是会自己做菜的，但都只能做一两个拿手小菜。学人中真正精于烹调的，据我所知，当推北京王世襄。世襄以此为一乐。据说有时朋友请他上家里做几个菜，主料、配料、酱油、黄酒……都是自己带去。听黄永玉说，有一次有几个朋友在一家会餐，规定每人备料去表演一个菜。王世襄来了，提了一捆葱。他做了一个菜：焖葱。结果把所有的菜全压下去了。此事不知是否可靠。如不可靠，当由黄永玉负责！

客人不多，时间充裕，材料凑手，做几个菜是很愉快的事。成天伏案，改换一下身体的姿势，也是好的，做菜都是站着的。

做菜，得自己去买菜。买菜也是构思的过程。得看菜市上有什么菜，琢磨一下，才能搭配出几个菜来。不可能在家里想做几个什么菜，菜市上准有。想炒一个雪里蕻冬笋，没有冬笋，菜架上却有新到的荷兰豆，只好“改戏”。买菜，也多少是运动。我是很爱逛菜市场的。到了一个新地方，有人爱逛百货公司，有人爱逛书店，我宁可去逛逛菜市。看看生鸡活鸭、鲜鱼水菜、碧绿的黄瓜、彤红的辣椒，热热闹闹、挨挨挤挤，让人感到一种生之乐趣。

学人所做的菜很难说有什么特点，但大都存本味，去增饰，不勾浓芡，少用明油，比较清淡，和馆子菜不同。北京菜有所谓“宫廷菜”（如仿膳）、“官府菜”（如谭家菜、“潘鱼”），学人做的菜该叫个什么菜呢？叫作“学人菜”，不大好听，我想为之拟一名目，曰“名士菜”，不知王世襄等同志能同意否。

《学人谈吃》的编者叫我写一篇序，我不知说什么好，就东拉西扯地写了上面一些。

生机

芋头

一九四六年夏天，我离开昆明去上海，途经香港。因为等船期.滞留了几天，住在一家华侨公寓的楼上。这是一家下等公寓 已经很敝旧了，墙壁多半没有粉刷过。住客是开机帆船的水手，跑澳门做鱿鱼、蚝油生意的小商人，准备到南洋开饭馆的厨师，还有一些说不清是什么身份的角色。这里吃住都是很便宜的。住，很简单，有一条席子，随便哪里都能躺一夜。每天两顿饭，米很白。菜是一碟炒通菜、一碟在开水里焯过的墨斗鱼脚，还顿顿如此。墨斗鱼脚，我倒爱吃，因为这是海味——我在昆明七年，很少吃到海味。只是心情很不好。我到上海，想去谋一个职业，一点着落也没有，真是前途渺茫。带来的钱，买了船票，已经所剩无几。在这里又是举目无亲，连一个可以说说话的人都没有。我整天无所事事，除了到皇后道、德辅道去瞎逛，就是踅到走廊上去看水手、小商人、厨师打麻将。真是无聊呀。

我忽然发现了一个奇迹，一棵芋头！楼上的一侧，一个很大的阳台，阳台上堆着一堆煤块，煤块里竟然长出一棵芋头！大概不知是谁把一个不中吃的芋头随手扔在煤堆里，它竟然活了。没有土壤，更没有肥料，仅仅靠了一点雨水，它，长出了几片碧绿肥厚的大叶子，在微风里高高兴兴地摇曳着。在寂寞的羁旅之中看到这几片绿叶，我心里真是说不出的喜欢。这几片绿叶使我欣慰，并且，并不夸张地说，使我获得一点生活的勇气。

长进树皮里的铁蒺藜

玉渊潭当中有一条南北的长堤，把玉渊潭隔成了东湖和西湖。堤中间有一水闸，东西两湖之水可通。东湖挨近钓鱼台。“四人帮”横行时期，沿东湖岸边拦了铁丝网。附近的老居民把铁丝网叫作铁蒺藜。铁丝网就缠在湖边的柳树干上，绕一个圈，用钉子钉死。东湖被圈禁起来了。湖里长满了水草，有成群的野鸭浮游，没有人。

湖中的堤上还可以通过，也可以散散步，但是最好不要停留太久，更不能拍照。我的孩子有一次带了一个照相机，举起来对着钓鱼台方向比了比，马上走过来一个解放军，很严肃地说：“不许拍照！”行人从堤上过，总不禁要向钓鱼台看两眼，心里想：那里头现在在干什么呢？

“四人帮”粉碎后，铁丝网拆掉了。东湖解放了。岸上有人散步、遛鸟，湖里有了游船，还有人划着轮胎内带扎成的筏子撒网捕鱼，有人弹吉他、吹口琴、唱歌。住在附近的老人每天在固定的地方聚会闲谈。他们谈柴米油盐、男婚女嫁、玉渊潭的变迁……

但是铁蒺藜并没有拆净。有一棵柳树上还留着一圈。铁蒺藜勒得紧，柳树长大了，把铁蒺藜长进树皮里去了。兜着铁蒺藜的树皮愈合了。鼓出了一圈，外面还露着一截铁的毛刺。

有人问："这棵树怎么啦？"

一个老人说："铁蒺藜勒的！"

这棵柳树将带着一圈长进树皮里的铁蒺藜继续往上长，长得很大、很高。

闹市闲民

我每天在西四倒 101 路公共汽车回甘家口。直对 101 站牌有一户人家。一间屋，一个老人。天天见面，很熟了。有时车老不来，老人就搬出一个马扎儿来：“车还得会子，坐会儿。”

屋里陈设非常简单（除了大冬天，他的门总是开着），一张小方桌，一个方杌凳，三个马扎儿，一张床，一目了然。

老人七十八岁了，看起来不像，顶多七十岁。气色很好。他经常戴一副老式的圆镜片的浅茶晶的养目镜——这副眼镜大概是他身上唯一值钱的东西。眼睛很大，一点没有混浊，眼角有深深的鱼尾纹。跟人说话时总带着一点笑意，眼神如一个天真的孩子。上唇留了一撮疏疏的胡子，花白了。他的人中很长，唇髭不短，但是遮不住他的微厚而柔软的下唇。相书上说人中长者多长寿，信然。他的头发也花白了，向后梳得很整齐。他常年穿一套很宽大的蓝制服，天凉时套一件黑色粗毛线的很长的背心。圆口布鞋、草绿色线袜。

从攀谈中我大概知道了他的身世。他原来在一个中学当工友，早就退休了。他有家，有老伴。儿子在石景山钢铁厂当车间主任。孙子已经上初中了。老伴跟儿子。他不愿跟他们一起过，说是："乱！"他愿意一个人。他的女儿出嫁了。外孙也大了。儿子有时进城办事，来看看他，给他带两包点心，说会儿话。儿媳妇、女儿隔几个月给他拆洗拆洗被褥。平常，他和亲属很少来往。

他的生活非常简单。早起扫扫地，扫他那间小屋，扫门前的人行道。一天三顿饭。早点是干馒头就咸菜喝白开水。中午晚上吃面。一年三百六十五天，天天如此。他不上粮店买切面，自己做。抻条，或是拨鱼儿。他的拨鱼儿真是一绝。小锅里坐上水，用一根削细了的筷子把稀面顺着碗口"赶"进锅里。他拨的鱼儿不断，一碗拨鱼儿是一根，而且粗细如一。我为看他拨鱼儿，宁可误一趟车。我跟他说：“你这拨鱼儿真是个手艺！”他说：“没什么，早一点把面和上，多搅搅。”我学着他的法子回家拨鱼儿，结果成了一锅面糊糊疙瘩汤。他吃的面总是一个味儿！浇炸酱。黄酱，很少一点肉末。黄瓜丝、小萝卜，一概不要。白菜下来时，切几丝白菜，这就是“菜码儿”。他饭量不小，一顿半斤面。吃完面，喝一碗面汤（他不大喝水），涮涮碗，坐在门前的马扎儿上，抱着膝盖看街。

我有时带点新鲜菜蔬，青蛤、海蛎子、鳝鱼、冬笋、木耳菜，他总要过来看看：“这是什么？”我告诉他是什么，他摇摇头：“没吃过。南方人会吃。”他是不会想到吃这样的东西的。

他不种花、不养鸟，也很少遛弯儿。他的活动范围很小，除了上粮店买面，上副食店买酱，很少出门。

他一生经历了很多大事。远的不说。敌伪时期，吃混合面。傅作义。解放军进城，扭秧歌，呛呛七呛七。开国大典，放礼花。没完没了的各种运动。三年自然灾害，大家挨饿。“文化大革命”。“四人帮”。“四人帮”垮台。华国锋。华国锋下台……

然而这些都与他无关，没有在他身上留下多少痕迹。他每天还是吃炸酱面，只要粮店还有白面卖，而且北京的粮价长期稳定——坐在门口马扎儿上看街。

他平平静静，没有大喜大忧，没有烦恼，无欲望亦无追求，天然恬淡，每天只是吃抻条面、拨鱼儿，抱膝闲看，带着笑意，用孩子一样天真的眼睛。

这是一个活庄子。

无事此静坐

我的外祖父治家整饬，他家的房屋都收拾得很清爽，窗明几净。他有几间空房，檐外有几棵梧桐，室内木榻、漆桌、藤椅。这是他待客的地方。但是他的客人很少，难得有人来。这几间房子是朝北的，夏天很凉快。南墙挂着一条横幅，写着五个正楷大字：

无事此静坐

我很欣赏这五个字的意思。稍大后，知道这是苏东坡的诗，下面的一句是：

一日当两日

事实上，外祖父也很少到这里来。倒是我常常拿了一本闲书，悄悄走进去，坐下来一看半天，看起来，我小小年纪，就已经有一点隐逸之气了。

静，是一种气质，也是一种修养。诸葛亮云："非淡泊无以明志，非宁静无以致远。"心浮气躁，是成不了大气候的。静是要经过锻炼的，古人叫作"习静"。唐人诗云："山中习静观朝槿，松下清斋折露葵。""习静"可能是道家的一种功夫，习于安静确实是生活于扰攘的尘世中人所不易做到的。静，不是一味地孤寂，不闻世事。我很欣赏宋儒的诗："万物静观皆自得，四时佳兴与人同。"唯静，才能观照万物，对于人间生活充满盎然的兴致。静是顺乎自然，也是合乎人道的。

世界是喧闹的。我们现在无法逃到深山里去，唯一的办法是闹中取静。毛主席年轻时曾采取了几种锻炼自己的方法，一种是"闹市读书"。把自己的注意力高度集中起来，不受外界干扰，我想这是可以做到的。

这是一种习惯，也是环境造成的。我下放张家口沙岭子农业科学研究所劳动，和三十几个农业工人同住一屋。他们吵吵闹闹，打着马锣唱山西梆子，我能做到心如止水，照样看书、写文章。我有两篇小说，就是在震耳的马锣声中写成的。这种功夫，多年不用，已经退步了，我现在写东西总还是希望有个比较安静的环境，但也不必一定要到海边或山边的别墅中才能构思。

有十多年了，我养成了静坐的习惯。我家有一对旧沙发，有几十年了。我每天早上泡一杯茶，点一支烟，坐在沙发里，坐一个多小时。虽是悠然独坐，然而浮想联翩。一些故人往事，一些声音、一些颜色、一些语言、一些细节，会逐渐在我的眼前清晰起来，生动起来。这样连续坐几个早晨，想得成熟了，就能落笔写出一点东西。我的一些小说散文，常得之于清晨静坐之中。曾见齐白石一幅小画，画的是淡蓝色的野藤花，有很多小蜜蜂，有颇长的题记，说这是他家的野藤，花时游蜂无数，他有个孙子曾被蜂螫，现在这个孙子也能画这种藤花了，最后两句我一直记得很清楚："静思往事，如在目底。"这段题记是用金冬心体写的，字画皆极娟好。“静思往事，如在目底”，我觉得这是最好的创作心理状态。就是下笔的时候，也最好心里很平静，如白石老人题画所说：“心闲气静时一挥。”

我是个比较恬淡平和的人，但有时也不免浮躁，最近就有点如我家乡话所说“心里长草”。我希望政通人和，使大家能安安静静坐下来，想一点事，读一点书，写一点文章。

老年的爱憎

大约三十年前，我在张家口一家澡堂洗澡，翻翻留言簿，发现有叶圣老给一个姓王的老搓背工题的几句话，说老王服务得很周到，并说："与之交谈，亦甚通达。""通达"用在一个老搓背工的身上，我觉得很有意思，这比一般的表扬信有意思得多。从这句话里亦可想见叶老之为人。因此至今不忘。

"通达"是对世事看得很清楚，很透彻，不太容易着急生气发牢骚。

但"通达"往往和冷漠相混。鲁迅是反对这种通达的。《祝福》里鲁迅的本家叔叔堂上对联的下联写的便是"世理通达心气和平”，鲁迅是对这位讲理学的老爷存讽刺之意的。

通达又常和恬淡、悠闲联在一起。

这几年不知道怎么提倡起悠闲小品来，出版社争着出周作人、林语堂、梁实秋的书，这说明什么问题呢？

周作人早年的文章并不是那样悠闲的，他是个人道主义者，思想是相当激进的。直到《四十自寿》“请到寒斋吃苦茶”的时候，鲁迅还说他是有感慨的。后来才真的闲得无聊了。我以为林语堂、梁实秋的文章和周作人早期的散文是不能相比的。

提倡悠闲文学有一定的背景，大概是因为大家生活得太紧张，需要休息，前些年的文章政治性又太强，过于严肃，需要轻松轻松。但我以为一窝蜂似的出悠闲小品，不是什么好事。

可是偏偏有人（而且不少人）把我的作品算在悠闲文学一类里，而且算是悠闲文学的一个代表人物。

我是写过一些谈风俗、记食物、写草木虫鱼的文章，说是“悠闲”，并不冤枉。但我也写过一些并不悠闲的作品。我写的《陈小手》，是很沉痛的。《城隍、土地、灶王爷》，也不是全无感慨。只是表面看来，写得比较平静，不那么激昂慷慨罢了。

我不是不食人间烟火，不动感情的人。我不喜欢那种口不臧否人物，绝不议论朝政，无爱无憎，无是无非，胆小怕事，除了猪肉白菜的价钱什么也不关心的离退休干部。这种人有的是。

中国人有一种哲学，叫作“忍”。我小时候听过“百忍堂”张家的故事，就非常讨厌。现在一些名胜古迹卖碑帖的文物店卖的书法拓本最多的一是郑板桥的“难得糊涂”，二是一个大字：“忍”。这是一种非常庸俗的人生哲学。周作人很欣赏杜牧的一句诗：“忍过事则喜”，我以为这不像杜牧说的话。杜牧是凡事都忍吗？请看《阿房宫赋》：“使天下之人，不敢言而敢怒。”

西南联大中文系

西南联大中文系的教授有清华的，有北大的，应该也有南开的。但是哪一位教授是南开的，我记不起来了。清华的教授和北大的教授有什么不同，我实在看不出来。联大的系主任是轮流坐庄。朱自清先生当过一段系主任。担任系主任时间较长的，是罗常培先生。学生背后都叫他“罗长官”。罗先生赴美讲学，闻一多先生代理过一个时期。在他们“当政”期间，中文系还是那个老样子，他们都没有一套“施政纲领”。事实上当时的系主任“为官清简”，近于无为而治。中文系的学风和别的系也差不多：民主、自由、开放。当时没有“开放”这个词，但有这个事实。中文系似乎比别的系更自由。工学院的机械制图总要按期交卷，并且要严格评分的；理学院要做实验，数据不能马虎。中文系就没有这一套。记得我在皮名举先生的“西洋通史”课上交了一张规定的马其顿帝国的地图，皮先生阅后，批了两行字：“阁下之地图美术价值甚高，科学价值全无。”似乎这样也可以了。总而言之，中文系的学生更为随便，中文系体现的“北大”精神更为充分。

如果说西南联大中文系有一点什么“派”，那就只能说是“京派”。西南联大有一本《大一国文》，各系共同必修。这本书编得很有倾向性。文言文部分突出地选了《论语》，其中最突出的是《子路、曾皙、冉有、公西华侍坐》。“莫春者，春服既成，冠者五六人，童子六七人，浴乎沂，风乎舞雩，咏而归”．这种超功利的生活态度，接近庄子思想的率性自然的儒家思想对联大学生有相当深广的潜在影响。还有一篇李清照的《〈金石录〉后序》。一般中学生都读过一点李清照的词，不知道她能写这样感情深挚、挥洒自如的散文。这篇散文对联大文风是有影响的。语体文部分，鲁迅的选的是《示众》。选一篇徐志摩的《我所知道的康桥》，是意料中的事。选了丁西林的《一只马蜂》，就有点特别。更特别的是选了林徽因的《窗子以外》。这一本《大一国文》可以说是一本“京派国文”。严家炎先生编中国流派文学史，把我算作最后一个“京派”，这大概跟我读过联大有关，甚至是和这本《大一国文》有点关系。这是我走上文学道路的一本启蒙的书。这本书现在大概是很难找到了。如果找得到，翻印一下，也怪有意思的。

“京派”并没有人老挂在嘴上。联大教授的“派性”不强。唐兰先生讲甲骨文，讲王观堂（国维）、董彦堂（董作宾），也讲郭鼎堂（沫若）——他讲到郭沫若时总是叫他“郭沫（读如妹）若”。闻一多先生讲（写）过“擂鼓的诗人”，是大家都知道的。

联大教授讲课从来无人干涉，想讲什么就讲什么，想怎么讲就怎么讲。刘文典先生讲了一年庄子，我只记住开头一句：“《庄子》嘿，我是不懂的喽，也没有人懂。”他讲课是东拉西扯，有时扯到和庄子毫不相干的事。倒是有些骂人的话，留给我的印象颇深。他说有些搞校勘的人，只会说甲本作某、乙本作某——“到底应该作什么？”骂有些注解家，只会说甲如何说，乙如何说——“你怎么说？”他还批评有些教授，自己拿了一个有注解的本子，发给学生的是白文，“你把注解发给学生！要不，你也拿一本白文！”他的这些意见，我以为是对的。他讲了一学期《文选》，只讲了半篇木玄虚的《海赋》。好几堂课大讲“拟声法”。他在黑板上写了一个挺长的法国字，举了好些外国例子。曾见过几篇老同学的回忆文章，说闻一多先生讲楚辞，一开头总是“痛饮酒，熟读《离骚》，方称名士”。有人问我，“是不是这样？”是这样。他上课，抽烟。上他的课的学生，也抽。他讲唐诗，不蹈袭前人一语。讲晚唐诗和后期印象派的画一起讲，特别讲到“点画派”。中国用比较文学的方法讲唐诗的，闻先生当为第一人。他讲《古代神话与传说》非常“叫座”。上课时连工学院的同学都穿过昆明城，从拓东路赶来听。那真是“满坑满谷”，昆中北院大教室里里外外都是人。闻先生把自己在整张毛边纸上手绘的伏羲女娲图钉在黑板上，把相当烦琐的考证，讲得有声有色，非常吸引人。还有一堂“叫座”的课是罗庸（膺中）先生讲杜诗。罗先生上课，不带片纸。不但杜诗能背写在黑板上，连仇注都背出来。唐兰（立厂）先生讲课是另一种风格。他是教古文学的，有一年忽然开了一门词选，不知道是没有人教，还是他自己感兴趣。他讲词选主要讲《花间集》（他自己一度也填词，极艳）。他讲词的方法是：不讲。有时只是用无锡腔调念（实是吟唱）一遍："'双鬓隔香红，玉钗头上风'——好！真好！"这首词就pass了。沈从文先生在联大开过三门课：各体文习作、创作实习、中国小说史，沈先生怎样教课，我已写了一篇《沈从文先生在西南联大》，发表在《人民文学》上，兹不赘。他讲创作的精义，只有一句"贴到人物来写"。听他的课需要举一隅而三隅反，否则就会觉得"不知所云"。

联大教授之间，一般是不互论长短的。你讲你的，我讲我的。但有时放言月旦，也无所谓。比如唐立厂先生有一次在系办公室当着一些讲师助教，就评论过两位教授，说一个"集穿凿附会之大成"，一个"集啰唆之大成"。他不考虑有人会去"传小话"，也没有考虑这两位教授会因此而发脾气。

西南联大中文系教授对学生的要求是不严格的。除了一些基础课，如文字学（陈梦家先生授）、声韵学（罗常培先生授）要按时听课，其余的，都较随便。比较严一点的是朱自清先生的宋诗。他一首一首地讲，要求学生记笔记，背，还要定期考试，小考，大考。有些课，也有考试，考试也就是那么回事。

一般都只是学期终了，交一篇读书报告。联大中文系读书报告不重抄书，而重有无独创性的见解。有的可以说是怪论。有一个同学交了一篇关于李贺的报告给闻先生，说别人的诗都是在白底子上画画，李贺的诗是在黑底子上画画，所以颜色特别浓烈，大为闻先生激赏。有一个同学在杨振声先生教的汉魏六朝诗选课上，就"车轮生四角"这样的合乎情悖乎理的想象写了一篇很短的报告《方车轮》。就凭这份报告，在期终考试时，杨先生宣布该生可以免考。

联大教授大都很爱才。罗常培先生说过，他喜欢两种学生：一种，刻苦治学；一种，有才。他介绍一个学生到联大先修班去教书，叫学生拿了他的亲笔介绍信去找先修班主任李继侗先生。介绍信上写的是"……该生素具创作夙慧……"一个同学根据另一个同学的一句新诗（题一张抽象派的画的）"愿殿堂毁塌于建成之先"填了一首词，作为"诗法"课的练习交给王了一先生，王先生的评语是："自是君身有仙骨，剪裁妙处不须论。"具有"夙慧"，有"仙骨"，这种对于学生过甚其词的评价，恐怕是不会出之于今天的大学教授的笔下的。

我在西南联大是一个不用功的学生，常不上课，但是乱七八糟看了不少书。有一个时期每天晚上到系图书馆去看书。有时只我一个人。中文系在新校舍的西北角，墙外是坟地，非常安静。在系里看书不用经过什么借书手续，架上的书可以随便抽下一本来看。而且可抽烟。有一天，我听到墙外有一派细乐的声音。半夜里怎么会有乐声，在坟地里？我确实是听见的，不是错觉。

我要不是读了西南联大，也许不会成为一个作家。至少不会成为一个像现在这样的作家。我也许会成为一个画家。如果考不取联大，我准备考当时也在昆明的国立艺专。

地质系同学

西南联大各系的学生各有特点，中文系的不衫不履，带点名士气。工学院的同学挟着画图板、丁字尺，一个个全像候补工程师。从法律系二三年级的学生身上已经可以看出一位名律师或大法官的影子。商学系的同学很实际，他们不爱幻想。从举止、动作、谈吐上，大体上可以勾画出我们的同学可能经历的人生道路。但这只是相对而言，比较而言，不能像矿物一样可以用光谱测定。比如，有一个比我高两班的同学，读了四年工学院，毕业后又考进文学研究所做哲学研究生，由实入虚，你说他该是什么风度呢？不过地质系的学生身上共同的特点是比较显著的。

首先，他们的身体都很好。学地质的没有好身体是不行的。学校对报考地质系的考生的体检要求特别严格。搞地质不能只在实验室里搞，大部分时间要从事野外作业，走长路，登高山（据我所知现在的中国登山队的运动员有两位原来是读地质的），还要背很重的矿石，经常要风餐露宿，生活条件很艰苦，身体差一点是吃不消的。地质系的男同学大都身材较高，挺拔英俊，女同学身体也很好。他们大都是运动员，打篮球、排球，是系队、校队的代表。从仪表上说，他们都有当电影明星的潜质。

他们的价值观念是清楚的。他们对自己所选择的学业和事业的道路是肯定的。他们没有彷徨、犹豫、困惑。从一开头就有一种奉献精神——学地质是不可能升官发财的。他们充分认识到他们的工作对于国家的意义，一般说来，他们的祖国意识比别的系的同学更强烈、更实在。

他们都很用功。学地质，理科的底子，数学、物理、化学都比较好。但是比较特别的是，他们除了本门科学，对一般文化，包括文学艺术，也有广泛的兴趣。因此地质系的同学大都文质彬彬，气度潇洒，毫无鄙俗之气，是一些名副其实的“知识分子”。地质系同学在学校时就做出了很大成绩。云南地方曾出了厚厚的一本《云南矿产调查》，就是西南联大地质系师生合作搞出来的。

他们从野外作业列队归来，穿着夹克，背着厚帆布背包，足蹬厚底翻皮长靴，或是平常穿了干净的蓝布长衫（地质系的学生都爱干净），在学校的土路从容走着，我都有好感，对他们很欣赏。

其实我所认识的地质系的同学不多，一共只有四个，都是一九三九年入学，四三班的，和我一个班级。

比较熟识的是马杏垣。我对马杏垣有较深的印象不是由于对他的专业学识有所了解，而是因为他会刻木刻。联大当时没有人刻木刻，一个学地质的刻木刻尤其稀罕。马杏垣曾参加曾昭抡先生所率领的康藏考察团到过一趟西藏，回来在壁报上发表了他的一系列铅笔速写和木刻。他发表木刻用的笔名是“马蹄”，有时用两个英文缩写字母“M. T. ”。他的木刻作品偶尔在昆明的报刊上也发表过。据我看，他的木刻是很有风格、很不错的。如果他不学地质而学美术，我相信也会成为一个优秀的画家、木刻家的。多才多艺，是联大许多搞自然科学的教授、学生的一个共同的特点。

马杏垣毕业后到美国留学。

一九四八年，我在北京午门的历史博物馆工作，有一天来了一位参观的上岁数的人，河北丰润一带的口音，他不知怎么知道我是西南联大的，问我认识不认识马杏垣，我说认识。他说他是马杏垣的父亲。于是跟我滔滔不绝地谈起马杏垣，他说了些什么，我已经不记得，只记得老人家很为他这个现在美国的儿子感到骄傲。是呀，有这样的儿子，是值得骄傲。马杏垣回国后在地质研究所工作，曾任所长，后来听说担任名誉所长。木刻，我想，大概是不刻了。

第二个是杨起。他是杨振声先生的儿子。杨先生是我的老师。我在杨先生处见过他。他长得很像杨先生。他是蓬莱人，个头很高，一个典型的山东大汉，文雅的、谦虚的山东大汉。他给我的印象是非常谦虚，一种从里到外的谦虚。他知道我是杨先生比较喜欢的学生，因此在校舍的土路上相逢，都很亲切地点头招呼。

还有一个是欧大澄。我不知道怎么和他认识的，可能是由于我的一个同系同班的同学和他是中学同学，他和这个同学常相过从，我和他也就熟识了。在我的印象里他是喜爱音乐的。我不能确记着他是会拉提琴、弹吉他或吹口琴。但是他很能欣赏西洋古典音乐，这一印象我想没有错。即使记错了，我觉得他身上有一种古典音乐熏陶出来的气质，这一点不会错。

杨起、欧大澄，现在都不知道在哪里。

因为认识欧大澄，这样也就对郝诒纯有些印象。因为她常和欧大澄在一起走。郝诒纯在女同学里是长得好看的，但是她从来不施脂粉（我们的女同学有一些是非常爱“捯饬”的，每天涂了很重的口红去听课），淡雅素朴，落落大方。她好像也是打排球的。

郝诒纯这几年参与了一些政治活动。我不知道她是人大代表还是全国政协委员，好像还是全国妇联的委员。人大、政协、妇联有这样的委员，似乎这些会还有点开头。郝诒纯是彻底“从政”了，还是还没有放弃她的本行？

我的地质系的同学，年龄和我不相上下，都已经过了七十。他们大概是离、退休了。但是我很知道，他们会是离而不休、退而不休的。他们大概都还在查资料、写论文，在培养博士生、硕士生，不会是听鸟养花、优游终老的。

中国的知识分子是多好的知识分子呀！

食豆饮水斋闲笔

豌豆

在北市口卖熏烧炒货的摊子上，和我写的小说《异秉》里的王二的摊子上，都能买到炒豌豆和油炸豌豆。二十文（两枚当十的铜元）即可买一小包，撒一点盐，一路上吃着往家里走。到家门口，也就吃完了。

离我家不远的越塘旁边的空地上，经常有几副卖零吃的担子。卖花生糖的。大粒去皮的花生仁，炒熟仍是雪白的，平摊在抹了油的白石板上，冰糖熬好，均匀地浇在花生米上，候冷，铲起。这种花生糖晶亮透明，不用刀切，大片，放在玻璃匣里，要买，取出一片，现约，论价。冰糖极脆，花生很香。卖豆腐脑的，我们那里的豆腐脑不像北京浇口蘑渣羊肉卤，只倒一点酱油、醋，加一滴麻油——用一只一头缚着一枚制钱的筷子，在油壶里一蘸，滴在碗里，真正只有一滴。但是加很多样零碎佐料：小虾米、葱花、蒜泥、榨菜末、药芹末——我们那里没有旱芹，只有水芹即药芹，我很喜欢药芹的气味。我觉得这样的豆腐脑清清爽爽，比北京的勾芡的黏黏糊糊的羊肉卤的要好吃。卖糖豌豆粥的。香粳晚米和豌豆一同在铜锅中熬熟，盛出后加洋糖（绵白糖）一勺。夏日于柳荫下喝一碗，风味不恶。我离乡五十多年，至今还记得豌豆粥的香味。

北京以豌豆制成的食品，最有名的是“豌豆黄”。这东西其实制法很简单，豌豆熬烂，去皮，澄出细沙，加少量白糖，摊开压扁，切成5寸×3寸的长方块，再加刀割出四方小块，分而不离，以牙签扎取而食。据说这是“宫廷小吃”，过去是小饭铺里都卖的，很便宜，现在只仿膳这样的大餐馆里有了，而且卖得很贵。

夏天连阴雨天，则有卖煮豌豆的。整料的豌豆煮熟，加少量盐，搁两个大料瓣在浮头上，用豆绿茶碗量了卖。虎坊桥有一个傻子卖煮豌豆，给得多。虎坊桥一带流传一句歇后语："傻子的豌豆——多给"。北京别的地区没有这样的歇后语，想起煮豌豆，就会叫人想起北京夏天的雨。

早年前有磕豌豆木模子的，豌豆煮成泥，摁在雕成花样的模子里，磕出来，就成了一个一个小玩意儿，小猫、小狗、小兔、小猪。买的都是孩子，也玩了，也吃了。

以上说的是干豌豆。新豌豆都是当菜吃。烩豌豆是应时当令的新鲜菜。加一点火腿丁或鸡茸自然很好，就是素烩，也极鲜美。烩豌豆不宜久煮，久煮则汤色发灰，不透亮。

全国兴起了吃荷兰豌豆也就近几年的事。我吃过的荷兰豆以厦门为最好，宽大而嫩。厦门的汤米粉中都要加几片荷兰豆，可以解海鲜的腥味。北京吃的荷兰豆都是从南方运来的。我在厦门郊区的田里看到正在生长着的荷兰豆，搭小架，水红色的小花，嫩绿的叶子，嫣然可爱。

豌豆的嫩头，我的家乡叫豌豆头，但将"豌"字读成"安"。

云南叫豌豆尖，四川叫豌豆颠。我的家乡一般都是油盐炒食。云南、四川加在汤面上面，叫作“飘”或“青”。不要加豌豆苗，叫“免飘”；“多青重红”则是多要豌豆苗和辣椒。吃毛肚火锅，在涮了各种荤料后，浓汤之中推进一大盘豌豆颠，美不可言。

豌豆可以入画。曾在山东看到钱舜举的册页，画的是豌豆，不能忘。钱舜举的画设色娇而不俗，用笔稍细而能潇洒，我很喜欢。见过一幅日本竹内栖凤的画，豌豆花，叶颜色较钱舜举尤为鲜丽，但不知道为什么在豌豆前面画了一条赭色的长蛇，非常逼真。是不是日本人觉得蛇也很美？

黄豆

豆叶在古代是可以当菜吃的。吃法想必是做羹。后来就没有人吃了。没有听说过有人吃凉拌豆叶、炒豆叶、豆叶汤。

我们那里，夏天，家家都要吃几次炒毛豆，加青辣椒。中秋节煮毛豆供月，带壳煮。我父亲会做一种毛豆：毛豆剥出粒，与小青椒（不切）同煮，加酱油、糖，候豆熟收汤，摊在筛子里晾至半干，豆皮起皱，收入小坛。下酒甚妙，做一次可以吃几天。

北京的小酒馆里盐水煮毛豆，有的酒馆是整棵地煮的，不将豆荚剪下，酒客用手摘了吃，似比装了一盘吃起来更香。

香椿豆甚佳。香椿嫩头在开水中略烫，沥去水，碎切，加盐；毛豆加盐煮熟，与香椿同抖匀，候冷，贮之玻璃瓶中，隔日取食。

北京人吃炸酱面，讲究的要有十几种菜码，黄瓜丝、小萝卜、青蒜……还得有一撮毛豆或青豆。肉丁（不用副食店买的绞肉末）炸酱与青豆同嚼，相得益彰。

北京人炒麻豆腐要放几个青豆嘴儿——青豆发一点芽。

三十年前北京稻香村卖熏青豆，以佐茶甚佳。这种豆大概未必是熏的，只是加一点茴香，入轻盐煮后晾成的。皮亦微皱，不软不硬，有咬劲。现在没有了，想是因为费工而利薄，熏青豆是很便宜的。江阴出粉盐豆。不知怎么能把黄豆发得那样大，长可半寸，盐炒，豆不收缩，皮色发白，极酥松，一嚼即成细粉，故名粉盐豆。味甚隽，远胜花生米。吃粉盐豆，喝白花酒，很相配。我那时还不怎么会喝酒，只是喝白开水。星期天，坐在自修室里，喝水，吃豆，读李清照、辛弃疾的词，别是一番滋味。我在江阴南菁中学读过两年，星期天多半是这样消磨过去的。前年我到江阴寻梦，向老同学问起粉盐豆，说现在已经没有了。

稻香村、桂香村、全素斋等处过去都卖笋豆。黄豆、笋干切碎，加酱油、糖煮。现在不大见了。

三年自然灾害时，对十七级干部有一点照顾，每月发几斤黄豆、一斤白糖，叫“糖豆干部”。我用煮笋豆法煮之，没有笋干，放一点口蘑。口蘑是我在张家口坝上自己采得晒干的。我做的口蘑豆自家吃，还送人。曾给黄永玉送去过。永玉的儿子黑蛮吃了，在日记里写道：“黄豆是不好吃的东西，汪伯伯却能把它做得很好吃，汪伯伯很伟大！”

炒黄豆芽宜烹糖醋。

黄豆芽吊汤甚鲜。南方的素菜馆、供素斋的寺庙，都用豆芽汤取鲜。有一老饕在一个庙里吃了素斋，怀疑汤里放了虾子包，跑到厨房里去验看，只见一口大锅里熬着一锅黄豆芽和香菇蒂的汤。黄豆芽汤加酸雪里蕻，泡饭甚佳。此味北人不解也。

黄豆对中国人最大的贡献是能做豆腐及各种豆制品。如果没有豆腐，中国人的生活将会缺一大块，和尚、尼姑、素菜馆的大师傅就通通“没戏”了。素菜除了冬菇、口蘑、金针、木耳、冬笋、竹笋，主要是靠豆腐、豆制品。素这个，素那个，只是豆制品变出的花样而已。关于豆腐，应另写专文，此不及。

绿豆

绿豆在粮食里是最重的。一麻袋绿豆二百七十斤，非壮劳力扛不起。

绿豆性凉，夏天喝绿豆汤、绿豆粥、绿豆水饭，可祛暑。

绿豆的最大用途是做粉丝。粉丝好像是中国的特产。外国名之曰玻璃面条。常见的粉丝的吃法是下在汤里。华侨很爱吃粉丝，大概这会引起他们的故国之思。每年国内要运销大量粉丝到东南亚各地，一律称为“龙口细粉”，华侨多称之为“山东粉”。我有个亲戚，是闽籍马来西亚归侨，我在她家吃饭，她在什么汤里都必放两样东西：粉丝和榨菜。苏南人爱吃“油豆腐线粉”，是小吃，乃以粉丝及豆腐泡下在冬菇扁尖汤里。午饭已经消化完了，晚饭还不到时候，吃一碗油豆腐线粉，蛮好。北京的镇江馆子森隆以前有一道菜，银丝牛肉：粉丝温油炸脆，浇宽汁小炒牛肉丝，哧啦有声。不知这是不是镇江菜。做银丝牛肉的粉丝必须是纯绿豆的，否则易于焦煳。我曾在自己家里做过一次，粉丝大概掺了不知别的什么东西，炸后成了一团黑炭。“蚂蚁上树”原是四川菜，肉末炒粉丝。有一个剧团的伙食办得不好，演员意见很大。剧团的团长为了关心群众生活，深入到食堂去亲自考察，看到菜牌上写的菜名有“蚂蚁上树”，说：“啊呀，伙食是有问题，蚂蚁怎么可以吃呢？”这样的人怎么可以当团长呢？

绿豆轧的面条叫“杂面”。《红楼梦》里尤三姐说：“咱们清水下杂面，你吃我看。”或说杂面要下羊肉汤里，清水下杂面是说没有吃头的。究竟这句话是什么意思，我还不太明白。不过杂面是要有点荤汤的，素汤杂面我还没有吃过。那么，吃长斋的人是不吃杂面的？

凉粉皮原来都是绿豆的，现在纯绿豆的很少，多是杂豆的。大块凉粉则是白薯粉的。

凉粉以川北凉粉为最好，是豌豆粉，颜色是黄的。川北凉粉放很多油辣椒，吃时嘴里要嘘嘘出气。

广东人爱吃绿豆沙。昆明正义路南头近金碧路处有一家广东人开的甜品店，卖绿豆沙、芝麻糊和番薯糖水。绿豆沙、芝麻糊都好吃，番薯糖水则没有多大意思。

绿豆糕以昆明的吉庆祥和苏州采芝斋最好，油重，且加了玫瑰花。北京的绿豆糕不加油，是干的，吃起来噎人。我有一阵生胆囊炎，不宜吃油，买了一盒回来，我的孙女很爱吃，一气吃了几块，我觉得不可理解。

扁豆

我们那一带的扁豆原来只有北京人所说的“宽扁豆”的那一种。郑板桥写过一副对联：“一庭春雨瓢儿菜，满架秋风扁豆花”，指的当是这种扁豆。这副对子写的是尚可温饱的寒士家的景况，有钱的阔人家是不会在庭院里种菜种扁豆的。扁豆有紫花和白花的两种，紫花的较多，白花的少。郑板桥眼中的扁豆花大概是紫的。紫花扁豆结的豆角皮色亦微带紫，白花扁豆则是浅绿色的。吃起来味道都差不多。唯入药用，则必为“白扁豆”，两种扁豆药性可能不同。扁豆初秋即开花，旋即结角，可随时摘食。板桥所说“满架秋风”，给人的感觉是已经深秋了。画扁豆花的画家喜欢画一只纺织娘，这是一个季节的东西。暑尽天凉，月色如水，听纺织娘在扁豆架上沙沙地振羽，至有情味。北京有种红扁豆的，花是大红的，豆角则是深紫红的。这种红扁豆似没人吃，只供观赏。我觉得这种扁豆红得不正常，不如紫花、白花有韵致。

北京通常所说的扁豆，上海人叫四季豆。我的家乡原来没有，现在有种的了。北京的扁豆有几种，一般的就叫扁豆，有上架的，叫“架豆”。一种叫“棍儿扁豆”，豆角如小圆棍。“棍儿扁豆”字面自相矛盾，既似棍儿，不当叫扁。有一种豆角较宽而甚嫩的，叫“闷儿豆”，我想是“眉豆”的讹读。北京人吃扁豆无非是焯熟凉拌，炒，或焖。“焖扁豆面”挺不错。扁豆焖熟，加水，面条下在上面，面熟，将扁豆翻到上面来，再稍焖，即得。扁豆不管怎么做，总宜加蒜。

我在泰山顶上一个招待所里吃过一盘炒棍儿扁豆，非常嫩。平生所吃扁豆，此为第一。能在泰山顶上吃到，尤为难得。

芸豆

我在昆明吃了几年芸豆。西南联大的食堂里有几个常吃的菜：炒猪血（云南叫“旺子”），炒莲花白（北京的圆白菜，上海的卷心菜，张家口的疙瘩白），灰色的魔芋豆腐……几乎每天都有的是煮芸豆。府甬道菜市上有卖芸豆的，盐煮，我们有时买了当零嘴吃，因为很便宜。芸豆有红的和白的两种，我们在昆明吃的是红的。

北京小饭铺里过去有芸豆粥卖，是白芸豆。芸豆粥粥汁甚黏，好像勾了芡。

芸豆卷和豌豆黄一样，也是“宫廷小吃”，白芸豆煮成沙，入糖，制为小卷。过去北海漪澜堂茶馆里有卖，现在不知还有没有。

在乌鲁木齐逛“巴扎”，见白芸豆极大，有大拇指头顶儿那样大，很想买一点，但是数千里外带一包芸豆回北京，有点“神经”，遂作罢。

红小豆

红小豆上海叫赤豆。赤豆汤，赤豆棒冰。北京叫小豆：小豆粥，小豆冰棍。我的家乡叫红饭豆，因为可掺在米里蒸成饭。

红小豆最大的用途是做豆沙。北方的豆沙有不去皮的，只是把小豆煮烂而已。豆包、炸糕的馅都是这样的粗制豆沙。水滤去皮，成为细沙，北方叫“澄沙”，南方叫“洗沙”。做月饼、甜包、汤圆，都离不开豆沙。豆沙最能吸油，故宜作馅。我们家大年初一早起吃汤圆，洗沙是年前就用大量的猪油拌了，每天在饭锅头上蒸一次，沙色紫得发黑，已经吸足了油。我们家的汤圆又很大，我只能吃两三个，因为一咬一嘴油。

四川菜有夹沙肉，乃以肥多瘦少的带皮臀肩肉整块煮至六七成熟，捞出，稍凉后，切成厚二三分的大片，两片之间肉皮不切通，中夹洗沙，上笼蒸扒。这道菜是放糖的，很甜。肥肉已经脱了油，吃起来不腻。但也不能多吃，我只能来两片。我的儿子会做夹沙肉，每次都很成功。

豇豆

我小时最讨厌豇豆，只有两层皮，味道寡淡。从来北京，岁数大了，觉得豇豆也还好吃。人的口味是可以变的，比如我小时不吃猪肺，觉得泡泡囊囊的，嚼起来很不舒服。老了，觉得肺头挺好吃，于老人牙齿甚相宜。

嫩豇豆切寸段，入开水锅焯熟，以轻盐稍腌，滗去盐水，以好酱油、镇江醋、姜、蒜末同拌，滴香油数滴，可以“渗”酒。炒食亦佳。

河北省酱菜中有酱豇豆，别处似没有。北京的六必居、天源，南方扬州酱菜中都没有。保定酱豇豆是整根酱的，甚脆嫩，而极咸。河北人口重，酱菜无不甚咸。

豇豆米老后，表皮光洁，淡绿中泛浅紫红晕斑，瓷器中有一种“豇豆红”就是这种颜色。曾见一豇豆红小石榴瓶，莹润可爱。中国人很会为瓷器的釉色取名，如“老僧衣”“芝麻酱”“茶叶末”，都甚肖。

蚕豆

北京快有新蚕豆卖了。

我小时候吃蚕豆，就想过这个问题：为什么叫蚕豆？到了很大的岁数，才明白过来：因为这是养蚕的时候吃的豆。我家附近没有养蚕的，所以联想不起来。四川叫胡豆，我觉得没有道理。中国把从外国来的东西冠之以胡、番、洋，如西红柿、洋葱。但是蚕豆似乎是中国本土上早就有的，何以也加一“胡”字？四川人也有写作“葫豆”的，也没有道理。葫是大蒜。这种豆和大蒜有什么关系？也许是因为这种豆结荚的时候也正是大蒜结球的时候？这似乎也是勉强。小时候读鲁迅的文章，提到罗汉豆，叫我好一阵猜，想象不出是怎样一种豆。后来才知道，咭，就是蚕豆。鲁迅当然是知道全国大多数地方是叫蚕豆的，偏要这样写，想是因为这样写才有绍兴特点，才亲切。

蚕豆是很好吃的东西，可以当菜，也可以当零食。各种做法，都好吃。

我的家乡，嫩蚕豆连内皮炒。或加一点切碎的咸菜，尤妙。稍老一点，就剥去内皮炒豆瓣。有时在炒红苋菜时加几个绿蚕豆瓣，颜色鲜明，也能提味。有一个女同志曾在我家乡的乡下落户，说房东给她们做饭时在鸡蛋汤里放一点蚕豆瓣，说是非常好吃。这是乡下做法，城里没有这么做的。蚕豆老了，就连皮煮熟，加点盐，可以下酒，也可以白嘴吃。有人家将煮熟的大粒蚕豆用线穿成一挂佛珠，给孩子挂在脖子上，一颗一颗地剥了吃，孩子没有不高兴的。

江南人吃蚕豆与我们乡下大体相似。上海一带的人把较老的蚕豆剥去内皮，香油炒成蚕豆泥，好吃。用以佐粥，尤佳。

四川、云南吃蚕豆和苏南、苏北人亦相似。云南季节似比江南略早。前年我随作家访问团到昆明，住翠湖宾馆。吃饭时让大家点菜。我点了一个炒豌豆米，一个炒青蚕豆，作家下箸后都说："汪老真会点菜！"其时北方尚未见青蚕豆，故觉得新鲜。

北京人是不大懂吃新鲜蚕豆的。北京人爱吃扁豆、豇豆，而对蚕豆不赏识。因为北京人很少种蚕豆，蚕豆不能对北京人有鲁迅所说的"蛊惑"。北京的蚕豆是从南方运来的，卖蚕豆的也多是南方人。南豆北调，已失新鲜，但毕竟是蚕豆。

蚕豆到“落而为萁”，晒干后即为老蚕豆。老蚕豆仍可做菜。老蚕豆浸水生芽，江南人谓之为“发芽豆”，加盐及香料煮熟，是酒菜。我的家乡叫“烂蚕豆”。北京人加一个字，叫作“烂和蚕豆”。我在民间文艺研究会工作的时候，在演乐胡同上班，每天下班都见一个老人卖烂和蚕豆。这老人至少有七十大几了，头发和两腮的短髭都已经是雪白的了。他挎着一个腰圆的木盆，慢慢地从胡同这头到那头，哑声吆喝着：“烂和蚕豆……”后来老人不知得了什么病，头抬不起来，但还是折倒了颈子，埋着头，卖烂和蚕豆，只是不再吆喝了。又过些日子，老人不见了。我想是死了。不知道为什么，我每次吃烂和蚕豆，总会想起这位老人。我想的是什么呢？人的生活啊……

老蚕豆可炒食。一种是水泡后炒的，叫“酥蚕豆”。我的家乡叫“沙蚕豆”。一种是以干蚕豆入锅炒的，极硬，北京叫“铁蚕豆”。非极好牙口，是吃不了铁蚕豆的。北京有句歇后语：老太太吃铁蚕豆——焖了。我想没有哪个老太太会吃铁蚕豆，一颗铁蚕豆焖软和了，得多长时间！我的老师沈从文先生在中老胡同住的时候，每天有一个骑着自行车卖铁蚕豆的从他的后墙窗外经过，吆喝“铁蚕豆……”这人是个中年汉子，是个出色的男高音，他的声音不但高、亮、打远，而且尾音带颤。其时沈先生正因为遭受迫害而精神紧张，我觉得这卖铁蚕豆的声音也会给他一种压力，因此我忘不了铁蚕豆。

蚕豆做零食，有：

入水稍泡，油炸。北京叫“开花豆”。我的家乡叫“兰花豆”，因为炸之前在豆嘴上剁一刀，炸后豆瓣四裂，向外翻开，形似兰花。

上海老城隍庙奶油五香豆。

苏州有油酥豆板，乃以绿蚕豆瓣入油炸成。我记得从前的油酥豆板是撒盐的，后来吃的却是裹了糖的，没有加盐的好吃。

四川北碚的怪味胡豆味道真怪，酥、脆、咸、甜、麻、辣。

蚕豆可做调料。做川味菜离不开郫县豆瓣。我家里郫县豆瓣是周年不缺的。

北京就快有青蚕豆卖了，谷雨已经过了。

寻常茶话

袁鹰编《清风集》约稿。我对茶实在是个外行。茶是喝的，而且喝得很勤。一天换三次叶子。每天起来第一件事，便是坐水，沏茶。但是毫不讲究。对茶叶不挑剔。青茶、绿茶、花茶、红茶、沱茶、乌龙茶，但有便喝。茶叶多是别人送的，喝完了一筒，再开一筒，喝完了碧螺春，第二天就可以喝蟹爪水仙。但是不论什么茶，总得是好一点的。太次的茶叶，便只好留着煮茶叶蛋。《北京人》里的江泰认为喝茶只是"止渴生津利小便"，我以为还有一种功能，是：提神。《陶庵梦忆》记闵老子茶，说得神乎其神。我则有点像董日铸，以为"浓、热、满三字尽茶理”。我不喜欢喝太烫的茶，沏茶也不爱满杯。我的家乡认为客人斟茶斟酒“酒要满，茶要浅”，茶斟得太满是对客人不敬，甚至是骂人。于是就只剩下一个字：浓。我喝茶是喝得很酽的。常在机关开会，有女同志尝了我的一口茶，说是“跟药一样”。因此，写不出关于茶的文章。要写，也只是些平平常常的话。

我读小学五年级那年暑假，我的祖父不知怎么忽然高了兴，要教我读书。“穿堂”的左侧有两间空屋。里间是佛堂，挂了一幅丁云鹏画的佛像，佛的袈裟是朱红的。佛像下，是一尊乌斯藏铜佛。我的祖母每天早晚来烧一炷香。外间本是个贮藏室，房梁上挂着干菜，干的粽叶。靠墙有一缸“臭卤”，面筋、百叶、笋头、苋菜秸都放在里面臭。临窗设一方桌，便是我的书桌。祖父每天早晨来讲《论语》一章，剩下的时间由我自己写大小字各一张。大字写《圭峰碑》，小字写《闲邪公家传》，都是祖父从他的藏帖里拿来给我的。隔日作文一篇。还不是正式的八股，是一种叫作“义”的文体，只是解释《论语》的内容。题目是祖父出的。我共做了多少篇“义”，已经不记得了。只记得有一题是“孟子反不伐义”。

祖父生活俭省，喝茶却颇考究。他是喝龙井的，泡在一个深栗色的扁肚子的宜兴砂壶里，用一个细瓷小杯倒出来喝。他喝茶喝得很酽，一次要放多半壶茶叶。喝得很慢，喝一口，还得回味一下。

他看看我的字，我的“义”，有时会另拿一个杯子，让我喝一杯他的茶。真香。从此我知道龙井好喝，我的喝茶浓酽，跟小时候的熏陶也有点关系。

后来我到了外面，有时喝到龙井茶，会想起我的祖父，想起孟子反。

我的家乡有“喝早茶”的习惯，或者叫“上茶馆”。上茶馆其实是吃点心、包子、蒸饺、烧卖、千层糕……茶自然是要喝的。在点心未端来之前，先上一碗干丝。我们那里原先没有煮干丝，只有烫干丝。干丝在一个敞口的碗里堆成塔状，临吃，堂倌把装在一个茶杯里的作料——酱油、醋、麻油浇入。喝热茶、吃干丝，一绝！

抗日战争时期，我在昆明住了七年，几乎天天泡茶馆。“泡茶馆”是西南联大学生特有的说法。本地人叫作“坐茶馆”，“坐”，本有消磨时间的意思，“泡”则更胜一筹。这是从北京带过去的一个字。“泡”者，长时间地沉溺其中也。与“穷泡”“泡蘑菇”的“泡”是同一语源。联大学生在茶馆里往往一泡就是半天，干什么的都有。聊天、看书、写文章。有一位教授在茶馆读梵文。有一位研究生，可称泡茶馆的冠军。此人姓陆，是一怪人。他曾经徒步旅行了半个中国，读书甚多，而无所著述，不爱说话。他简直是“长”在茶馆里。上午、下午、晚上，要一杯茶，独自坐着看书。他连漱洗用具都放在一家茶馆里，一起来就到茶馆里洗脸刷牙。听说他后来流落在四川，穷困潦倒而死，悲夫！

昆明茶馆里卖的都是青茶，茶叶不分等次，泡在盖碗里。文林街后来开了家“摩登”茶馆，用玻璃杯卖绿茶、红茶——滇红、滇绿。滇绿色如生青豆，滇红色似“中国红”葡萄酒，茶叶者都很厚。滇红尤其经泡，三开之后，还有茶色。我觉得滇红比祁（门）红、英（德）红都好，这也许是我的偏见。当然比斯里兰卡的“利普顿”要差一些——有人喝不来“利普顿”，说是味道很怪。人之好恶，不能勉强。我在昆明喝过大烤茶。把茶叶放在粗陶的烤茶罐里，放在炭火上烤得半焦，倾入滚水，茶香扑人。几年前在大理街头看到有烤茶缸卖，犹豫一下，没有买。买了，放在煤气灶上烤，也不会有那样的味道。

一九四六年冬，开明书店在绿杨村请客。饭后，我们到巴金先生家喝工夫茶。几个人围着浅黄色的老式圆桌，看陈蕴珍（萧珊）“表演”濯器、炽炭、注水、淋壶、筛茶。每人喝了三小杯。我第一次喝工夫茶，印象深刻。这茶太酽了，只能喝三小杯。在座的除巴金先生夫妇，有靳以、黄裳。一转眼，四十三年了。靳以、萧珊都不在了。巴老衰病。大概也没有喝一次工夫茶的兴致了。那套紫砂茶具大概也不在了。

我在杭州喝过一杯好茶。

一九四七年春，我和几个在一个中学教书的同事到杭州去玩。除了“西湖景”，使我难忘的两样方物，一是醋鱼带把。所谓“带把”，是把活草鱼脊肉剔下来，快刀切为薄片，其薄如纸，浇上好秋油，生吃。鱼肉发甜，鲜脆无比。我想这就是中国古代的“切脍”。一是在虎跑喝的一杯龙井。真正的狮峰龙井雨前新芽，每蕾皆一旗一枪，泡在玻璃杯里，茶叶皆直立不倒，载浮载沉，茶色颇淡，但入口香浓，直透肺腑，真是好茶！只是太贵了。一杯茶，一块大洋，比吃一顿饭还贵。狮峰茶名不虚，但不得虎跑水不可能有这样的味道。我自此才知道，喝茶，水是至关重要的。

我喝过的好水有昆明的黑龙潭泉水。骑马到黑龙潭，疾驰之后，下马到茶馆里喝一杯泉水泡的茶，真是过瘾。泉就在茶馆檐外地面，一个正方的小池子，看得见泉水咕嘟咕嘟往上冒。井冈山的水也很好，水清而滑。有的水是“滑”的，“温泉水滑洗凝脂”并非虚语。井冈山水洗被单，越洗越白；以泡“狗古脑”茶，色味俱发，不知道水里含了什么物质。天下第一泉、第二泉的水，我没有喝出什么道理。济南号称泉城，但泉水只能供观赏，以泡茶，不觉得有什么特点。

有些地方的水真不好。比如盐城。盐城真是“盐城”，水是咸的。中产以上人家都吃“天落水”。下雨天，在天井上方张了布幕，以接雨水，存在缸里，备烹茶用。最不好吃的水是菏泽。菏泽牡丹甲天下，因为菏泽土中含碱，牡丹喜碱性土。我们到菏泽看牡丹，牡丹极好，但是茶没法喝。不论是青茶、绿茶，沏出来一会儿变成红茶了，颜色深如酱油，入口咸涩，由菏泽往梁山，住进招待所后，第一件事便是赶紧用不带碱味的甜水沏一杯茶。

老北京早起都要喝茶，得把茶喝“通”了，这一天才舒服。无论贫富，皆如此。一九四八年我在午门历史博物馆工作。馆里有几位看守员，岁数都很大了。他们上班后，都是先把带来的窝头片在炉盘上烤上，然后轮流用水氽坐水沏茶。茶喝足了，才到午门城楼的展览室里去坐着。他们喝的都是花茶。北京人爱喝花茶，以为只有花茶才算是茶（很多人把茉莉花叫作“茶叶花”）。我不太喜欢花茶。但好的花茶例外，比如老舍先生家的花茶。

老舍先生一天离不开茶。他到莫斯科开会，苏联人知道中国人爱喝茶，倒是特意给他预备了一个热水壶。可是，他刚沏了一杯茶，还没喝几口，一转脸，服务员就给倒了。老舍先生很愤慨地说：“他妈的！他不知道中国人喝茶是一天喝到晚的！”一天喝茶喝到晚，也许只有中国人如此。外国人喝茶都是论“顿”的，难怪那位服务员看到多半杯茶放在那里，以为老先生已经喝完了，不要了。

龚定庵以为碧螺春天下第一。我曾在苏州东山的“雕花楼”喝过一次新采的碧螺春。“雕花楼”原是一个华侨富商的住宅，楼是用进口的硬木造的，到处都雕了花，八仙庆寿、福禄寿三星、龙、凤、牡丹……真是集恶俗之大成。但碧螺春真是好。不过茶是泡在大碗里的，我觉得这有点煞风景。后来问陆文夫，文夫说碧螺春就是讲究用大碗喝的。茶极细，器极粗，亦怪！

在湖南桃源喝过一次擂茶。茶叶、老姜、芝麻、米，加盐放在一个擂钵里，用硬木的擂棒“擂”成细末，用开水冲开，便是擂茶。我在《湘行二记》中对擂茶有较详细的叙述，为省篇幅，不再抄引。

茶可入馔，制为食品。杭州有龙井虾仁，想不恶。裘盛戎曾用龙井茶包饺子，可谓别出心裁。日本有茶粥。《俳人的食物》说俳人小聚，食物极简单，但“唯茶粥一品，万不可少”。茶粥是啥样的呢？我曾用粗茶叶煎汁，加大米熬粥，自以为这便是“茶粥”了。有一阵子，我每天早起喝我所发明的茶粥，自以为很好喝。四川的樟茶鸭子乃以柏树枝、樟树叶及茶叶为熏料，吃起来有茶香而无茶味。曾吃过一块龙井茶心的巧克力，这简直是恶作剧！用上海人的话说：巧克力与龙井茶实在完全“弗搭界”。

他乡寄意

抗日战争时期，昆明重庆流传一则谜语：航空信——打一地名。谜底是：高邮。这说明知道我的家乡的人还是不少的。但是多数人对我的家乡的所知，恐怕只限于我们那里出咸鸭蛋，而且有双黄的。我遇到很多外地人问过我：你们那里为什么出双黄鸭蛋？我也回答过，说这和鸭种有关；我们那里水多，小鱼小虾多，鸭吃多了小鱼小虾，爱下双黄蛋。其实这是想当然耳。直到现在，我也说不清这是什么道理。敝乡真是“小地方”，经济、文化都比较落后，只落得以产双黄鸭蛋而出名，悲哉！

我的家乡过去是相当穷的。穷的原因是多水患。我们那里是水乡。人家多傍水而居，出门就得坐船。秦少游诗云："菰蒲深处疑无地，忽有人家笑语声。"大抵里下河一带都是如此。县城的西面是运河，运河西堤外便是高邮湖。运河河身高，几乎是一条"悬河"，而县境的地势低，据说运河的河底和县城的城墙一般高。这可能有一点夸张。但我们小时候到运河堤上去玩，站在河堤上，是可以俯瞰下面人家的屋顶的。城里的孩子放风筝，风筝飘在堤上人的脚底下。这样，全县就随时处在水灾的威胁之中。民国二十年的大水我是亲历的。湖水侵入运河，运河堤破，洪水直灌而下，我家所住的东大街成了一条激流汹涌的大河。这一年水灾，毁坏田地房屋无数，死了几万人。我在外面这些年，经常关心的一件事，是我的家乡又闹水灾了没有？前几年，我的一个在江苏省水利厅当总工程师的初中同班同学到北京开会，来看我。他告诉我：高邮永远不会闹水灾了。我于是很想回去看看。我十九岁离乡，在外面已四十多年了。

苏北水灾得到根治，主要是由于修建了江都水利枢纽和苏北灌溉总渠。这是两项具有全国意义的战略性的水利工程，我的初中同班同学是参与这两项工程的主要设计者之一。我参观了江都水利枢纽，对那些现代化的机械一无所知，只觉得很壮观。但是我知道，从此以后，运河水大，可以泄出；水少，可以从长江把水调进来，不但旱涝无虞，而且使多少万人的生命得到了保障。呜呼，厥功伟矣！

我在家乡住了约一个星期。每天早起，我都要到运河堤上走一趟。运河拓宽了。小时候我们过运河去玩，由东堤到西堤，两篙子就到了。现在西门宝塔附近的河面宽得像一条江。我站在平整坚实的河堤上，看着横渡的轮船，拉着汽笛，悠然驶过，心里说不出的感动。

县境内的河也都经过统一规划，综合治理了，交通、灌溉都很方便。很多地方都实现了电力灌溉。我看了几份材料，都说现在是“要水一声喊，看水穿花鞋”。这两句话有点大跃进的味道，而且现在的妇女也很少穿花鞋的。不过过去到处可见的长到三十二轧的水车和凉亭似的牛车棚确实看不到了。我倒建议保留一架水车，放在博物馆里，否则下一辈人将不识水车为何物。

由于水利改善，粮食大幅度地增产了。过去我们那里的田，打五百斤粮食，就算了不起了；现在亩产千斤，不成问题。不少地方已达“吨粮”——亩产两千斤。因此，农民的生活大大提高了。很多人家盖起了新房子，砖墙、瓦顶、玻璃窗，门外种着西番莲、洋菊花。农村姑娘的衣着打扮也很入时，烫发、皮鞋，吓！

不过粮食增产有到头的时候。两千斤粮食又能卖多少钱呢？单靠农业，我们那个县还是富不起来的。希望还在发展工业上。我希望地方的有识之士动动脑筋。也可以把在外面工作的内行请回去出出主意。到2000年，我的故乡应当会真正变个样子，成为一个开放型的城市。这样，故乡人民的心胸眼界才有可能开阔起来，摆脱小家子气。

我们那个县从来很难说是人文荟萃之邦。不但和扬州、仪征不能比，比兴化、泰州也不如。宋代曾以此地为高邮军，大概繁盛过一阵，不少文人都曾在高邮湖边泊舟，宋诗里提及高邮的地方颇多。那时出过鼎鼎大名、至今为故人引为骄傲的秦少游，还有一位孙莘老。明代出过一个散曲家兼画家的王西楼（磐）。清代出过王氏父子——王念孙、王引之。还有一位古文家夏之蓉。此外，再也数不出多少名人了。而且就是这几位名人，也没有在我的家乡产生多大的影响。秦少游没有留下多少遗迹。原来的文游台下有一个秦少游读书处，后来也倒塌了。连秦少游老家在哪里，也都搞不清楚，实在有点对不起这位绝代词人。听说近年发现了秦氏宗谱，那么这个问题可能有点线索了吧。更令人遗憾的是历代研究秦少游的故乡人颇少。我上次回乡看到一部《淮海集》，是清版。我们县应该有一部版本较好的《淮海集》才好，近年有几位青年有志于研究秦少游，地方上应该予以支持。王西楼过去知道的人更少，我小时候在家乡就没有读过一首王西楼的散曲，只是现在还流传一句有地方特点的歇后语："王西楼嫁女儿——话（画）多银子少。"《王西楼乐府》最初是在高邮刻印的，最好能找到较早的版本。我希望家乡能出一两个王西楼专家。散曲的谱不是很难找到，能不能把王西楼的某些散曲，比如那首有名的《唢呐》，翻成简谱在县里唱一唱？如果能组织一场王西楼散曲演唱晚会，那是会很叫人兴奋的。王念孙父子在清代训诂学界影响很大，号称"高邮王氏之学"。但是我的很多家乡人只知道"独旗杆王家"，至于王家是怎么回事，就不大了然了。我也希望故乡有人能继承光大王氏之学。前年高邮在王氏旧宅修建了高邮王氏纪念馆，让我写字，我寄去一副对联：“一代宗师，千秋绝学；二王余韵，百里书声。”下联实是我对于乡人的期望。

以上说的是传统文化。对于现代科学，我们高邮人做出贡献的也有。比如孙云铸，是世界有名的古生物学家、地层学家。他的《中国北方寒武纪动物化石》是我国第一部古生物学专著。我初到昆明时，曾到他家去过。他家桌上、窗台上，到处都是三叶虫化石。这是一位很纯正的学者。可是故乡人知道他的不多。高邮拟修县志，我希望县志里有孙云铸的传。我也希望故乡的后辈能继承老一辈严谨的治学精神。

我们县是没有多少名胜古迹的。过去年代较久，建筑上有特点的，是几座庙：承天寺、天王寺、善因寺。现在已经拆得一点不剩了。西门宝塔还在，但只是孤零零的一座塔，周围是一片野树。高邮的“刮刮老叫”的古迹是文游台，这是苏东坡、秦少游等名士文人雅集之地，我们小时候春游远足，总是上文游台。登高四望，烟树帆影、豆花芦叶，确实是可以使人胸襟一畅的。文游台在敌伪时期，由一个姓王的本地人县长重修了一次，搞得不像样子。重修后的奎楼、公园也都不理想。请恕我说一句直话：有点俗。听说文游台将重修，不修便罢，修就修好。文游台既是宋代的遗迹，建筑上要有点宋代的特点。比如：大斗拱、素朴的颜色。千万不要因陋就简，或者搞得花花绿绿的。

我离乡日久，鬓毛已衰，对于故乡一无贡献，很惭愧。《新华日报》约我为《故乡情》写稿，略抒芹意，希望我的乡人不要见怪。

图书在版编目（CIP）数据

自得其乐 / 汪曾祺著. -- 北京 ： 中国友谊出版公司，2018.7
ISBN 978-7-5057-4440-0

Ⅰ. ①自… Ⅱ. ①汪… Ⅲ. ①散文集－中国－当代
Ⅳ. ①I267

中国版本图书馆CIP数据核字(2018)第161531号

书名 自得其乐
作者 汪曾祺
出版 中国友谊出版公司
发行 中国友谊出版公司
印刷 北京鑫海达印刷有限公司
规格 880×1230 毫米 32 开
9 印张 140千字
版次 2018年8月第1版
印次 2018年8月第1次印刷
书号 ISBN 978-7-5057-4440-0
定价 52.00元
地址 北京市朝阳区西坝河南里17号楼
邮编 100028
电话 （010）64668676